Marie von Ebner-Eschenbach

Nach dem Tode

Die Poesie des Unbewussten

Zwei Erzählungen

Marie von Ebner-Eschenbach: Nach dem Tode / Die Poesie des Unbewussten. Zwei Erzählungen

Berliner Ausgabe, 2015, 4. Auflage
Vollständiger, durchgesehener Neusatz mit einer Biographie der Autorin bearbeitet und eingerichtet von Michael Holzinger

Nach dem Tode:
    Erstdruck: In: Neue Erzählungen, Berlin (Ebhardt) 1881.
Die Poesie des Unbewussten:
    Erstdruck: In: Deutsche Rundschau, Berlin, 29. Bd., 1881; erste Buchausgabe in: Dorf- und Schloßgeschichten, Berlin (Gebrüder Paetel) 1883.

Textgrundlage ist die Ausgabe:
Marie von Ebner-Eschenbach: [Gesammelte Werke in drei Bänden.] [Bd. 1:] Das Gemeindekind. Novellen, Aphorismen, [Bd. 2:] Kleine Romane, [Bd. 3:] Erzählungen. Autobiographische Schriften. Herausgegeben von Johannes Klein, München: Winkler, 1956–1958.

Herausgeber der Reihe: Michael Holzinger
Reihengestaltung: Viktor Harvion
Umschlaggestaltung unter Verwendung des Bildes:
Marie von Ebner-Eschenbach (Gemälde von Karl Blaas, 1873)

Gesetzt aus Minion Pro, 10 pt

ISBN 978-1482380804

Nach dem Tode

»Still, mein guter Fürst! Sie wissen, ich halte die Liebe für das grausamste von allen Mitteln, welche die zürnende Gottheit erfunden hat, um ihre armen Geschöpfe heimzusuchen. Wäre sie jedoch, wie Sie behaupten, das Schönste, das es auf Erden gibt, dann würde es Ihnen in meiner Gegenwart vollends verboten sein, ein Glück zu preisen, das ich niemals kennengelernt habe.«

Fürst Klemens stieß einen Seufzer aus, der ein minder kaltblütiges Wesen als Gräfin Neumark gewiß gerührt hätte; er blickte zum Plafond empor und gab, aus scheinbarem Gehorsam, dem Gespräch eine andere Wendung: »Was halten Sie von Sonnbergs Bemühungen um Thekla?« fragte er. »Ich bin von dem Ernste seiner Absichten überzeugt. Machen Sie sich darauf gefaßt: dieser Tage – morgen vielleicht – kommt er, wirbt um Ihre Tochter, und im Frühjahr fliegt das junge Paar über alle Berge.«

»Möglich, möglich.«

»Und – Sie?«

»Und ich fahre nach Wildungen.«

»Sie werden sich dort sehr verlassen fühlen!« rief der Fürst triumphierend aus. »Sie werden zum erstenmal die Langeweile, am Ende sogar die Sehnsucht kennenlernen. Sie werden sich sagen, daß Sie eines Wesens bedürfen, das Ihrer bedarf, und« – er richtete sich auf – »die Hand ergreifen, die ich Ihnen, wir wollen nicht fragen wie oft, angeboten habe. Seien Sie aufrichtig –« setzte er hinzu: »Könnten Sie wohl etwas Vernünftigeres tun?«

»Vernünftigeres«, wiederholte die Gräfin langsam »– schwerlich.«

»Nun denn!«

»Nun denn? Sie sprachen vorhin von Liebe, und jetzt sprechen Sie von Raison? Das sind Gegensätze, lieber Freund.«

»Keineswegs! Gegensätze lassen sich nicht verbinden, Liebe und Raison hingegen sehr gut; wir wollen es beweisen – Sie und ich!«

Marianne hob das Haupt und richtete ihre glanzvollen Augen auf ihn; unter diesem Blicke fühlte Klemens seine Zuversicht schwanken; einigermaßen verwirrt und ohne rechten Zusammenhang mit seiner früheren Rede schloß er: »Früh oder spät, auch Ihre Stunde kommt.«

»Beten Sie zu Gott, daß sie ausbleibe!« entgegnete die Gräfin munter. »Wenn eine alte Frau anfängt zu schwärmen, dann geschieht es gewiß zu ihrem Unglück und zu ihrer Schmach, für irgendeinen undankbaren Phaon, irgendeinen flüchtigen Aeneas. Stellen Sie sich vor, wie Ihnen zumute wäre, wenn Sie mich fänden in Verzweiflung wie Sappho oder – wie Dido, im Begriffe, den Scheiterhaufen zu besteigen. Stellen Sie sich das vor!«

»Das kann ich mir nicht vorstellen«, sprach der Fürst.

»Es wäre Ihnen zu gräßlich. Aber Sie können ruhig sein. Keine falschere Behauptung als die, jeder Mensch müsse im Leben wenigstens einmal lieben. Im Gegenteil, die wahre, die furchtbare Liebe gehört zu den größten Seltenheiten, und ihre Helden sind an den Fingern herzuzählen wie überhaupt alle Helden. Mit jener Liebe hingegen, die wir kleinen Leute fähig sind zu fühlen, sind wir kleinen Leute, wenn wir nur wollen und beizeiten zum Rechten sehen, auch fähig fertigzuwerden.«

Der Fürst streckte mit würdevoll ablehnender Gebärde die Hand aus, als wolle er diese Sophismen von sich weisen, und antwortete: »Wir werden fertig mit ihr, oder sie wird fertig mit uns.«

Abermals glitt ihr Blick über sein rundes Gesicht, über seine breiten Schultern, die so rüstig die Last eines halben Säkulums trugen: »Das hat gute Wege, noch bin ich unbesorgt«, sagte sie.

Der Fürst beendete den Wortstreit mit der Erklärung: zu überreden verstehe er nicht. Und in der Tat, dazu fehlte ihm das Talent und – die Gewissenlosigkeit. Ach, es ließ sich nicht leugnen, daß er trotz seiner verzehrenden Leidenschaft, besonders seit einiger Zeit, erstaunlich gedieh; ja, er mußte sich's gestehen, sogar in den Tagen, wo diese Leidenschaft am heftigsten gelodert, hatte sie nicht vermocht, ihm die Freude zu verderben an seinen Jagdpferden, an der zunehmenden Anzahl Hochwildes in seinen Tiergärten, an seinem ganzen fürstlichen Junggesellenhausstand auf dem Lande wie in der Stadt.

Klemens war nicht im Reichtum, sondern als ein aussichtsloser Sprosse der gänzlich unbegüterten jüngeren Linie Eberstein geboren worden. Von Kindheit an für die militärische Laufbahn bestimmt, brachte er's bis zum Rittmeister, nach siebenundzwanzig meist in elenden Garnisonen verlebten Jahren. Im Verlaufe derselben lernte er alles Mißliche des durch »unfreie Assoziationen« gebildeten Standes aus dem Grunde kennen, setzte dem jedoch den ruhigen Gleichmut eines aufrechten Mannes entgegen und verstand es, die etwas schiefe Stellung des zugleich vornehmsten und ärmsten Offiziers im Regimente mit würdevollem Takte zu behaupten. Der brave Schwadronskommandant stand bereits in reifem Alter, als eine Reihe von unerwarteten Todesfällen, die Verzichtleistung eines näheren Agnaten, die Mißheirat eines anderen ihn zum Eigentümer des zweiten Majorats seines Hauses machten. Sofort verließ der Fürst den Militärdienst und widmete sich mit fast jugendlichem

Eifer dem Dienste der großen Welt. Die Begeisterung, mit welcher er dort aufgenommen wurde, berauschte ihn anfangs, doch begann er nur allzubald an dem Werte seiner Erfolge zu zweifeln. Die Frage, die einen geborenen Majoratsherrn, der sich ohne sein Erbgut so wenig denken kann wie seine Seele ohne seinen Leib, nie beunruhigt, die Frage: Was gelte ich? bedrängte ihn und brachte ihn endlich um alle Zuversicht, um all sein unbefangenes Selbstvertrauen.

Da zum ersten Male trat ihm in schwüler Ballatmosphäre, umrauscht von den Klängen der Musik, umweht von Blumendüften, umstrahlt von Kerzenschimmer, die glänzende Gräfin Marianne von Neumark entgegen, und er schloß sich sofort der dichtgedrängten Reihe ihrer Bewerber an. Wohl hieß es, Marianne habe kein Herz, ihre Liebenswürdigkeit sei wertlos, denn sie bestehe nur in Worten und werde gleichmäßig an alle, die ihr nahten, verschwendet; aber dennoch vermochte keiner, der einmal von ihrem Zauber berührt worden, sich ganz aus demselben zu lösen. Der Fürst war kaum in den Bereich von Mariannes Anziehungskraft gelangt, als er sich mächtig ergriffen fühlte. Mit geradezu blendender Klarheit leuchtete es ihm ein, er habe das Weib gefunden, das für ihn geschaffen sei, und vierzehn Tage nach ihrer ersten Begegnung stellte er sehr beklommen, sehr bewegt – wenn auch nicht ohne Siegesgewißheit – seinen Heiratsantrag.

Er wurde ausgeschlagen, und Eberstein kränkte sich, zürnte, verlangte die Gründe der erlittenen Abweisung zu kennen. Mit sanfter Ruhe setzte Marianne ihm dieselben auseinander, und es waren lauter triftige Gründe: Sie hatte sich an Unabhängigkeit gewöhnt, sie taugte nicht mehr für die Ehe, längst stand bei ihr fest, daß ihr Töchterchen keinen Stiefvater erhalten durfte … Und so weiter!

Klemens reiste nach England, kehrte von dort erst zur Winterszeit zurück und stürzte sich nach seiner Heimkehr mit erneuerter Unerschrockenheit in die große Welt. Man sah es ihm an den Augen an, es verriet sich in jedem seiner Worte, daß er entschlossen war, aus diesem Fasching als Bräutigam hervorzugehen. Aber – wieder erwachten seine Zweifel, wieder stellte die Ernüchterung sich ein. Die Wahl war zu groß, um nicht zu schwer zu sein, ein erster Schritt zu bindend, um nicht reiflichste Überlegung zu fordern. Die Unternehmungslust des Fürsten sank von neuem, als er von neuem innewurde, daß es sich nicht darum handle, zu erobern, sondern erobert zu werden. Marianne traf er oft in Gesellschaft und ging dann mit stummem und feierlichem Gruße an ihr vorüber.

Sie gefiel ihm womöglich noch mehr als im verflossenen Jahre. Was waren alle, deren Besitz ihm so leicht erreichbar gewesen wäre, im Vergleiche zu der einen Unerreichbaren? Konnte man einem hübschen Gesichte Aufmerksamkeit schenken, nachdem man diesen klassischen Kopf gesehen, in Haltung und Form, ja in jedem Zuge dem der Venus von Milo so ähnlich? Konnte man dem Geschwätz eines Backfisches das geringste Interesse abgewinnen, nachdem man die Gräfin einmal sprechen gehört?

Auf einem Balle, dem Klemens und Marianne als Zuschauer beiwohnten, fügte es der Zufall, daß sie im selben Augenblick aus dem Tanzsaale in den luftigeren Raum eines anstoßenden Salons traten. Klemens verneigte sich wie gewöhnlich schweigend, sie dankte freundlich lächelnd, und doch schien ihm, als sei über ihr Gesicht ein Ausdruck leiser Trauer gebreitet, der ihn ergriff und ihm, halb gegen seinen Willen, die Frage erpreßte: »Wie geht es Ihnen, Frau Gräfin?«

Sie antwortete unbefangen, und ein Weilchen später saßen sie nebeneinander auf dem Kanapee, in eifriges Gespräch versunken. Klemens wußte nicht mehr, daß sie ihm schweres Unrecht getan, und als er sich dessen entsann, da hatte sie sich soeben erhoben, reichte ihm die Hand und sagte: »Warum besuchen Sie mich nicht mehr? Ich bin zwischen zwei und drei Uhr nachmittags immer zu Hause.«

Von nun an wäre jeder fehlgegangen, der den Fürsten zu jener Stunde anderswo gesucht hätte als im kleinen braunen Salon Mariannens. Er erschien mit einem Lächeln und entfernte sich mit einem Seufzer auf den Lippen, täglich, den ganzen Winter hindurch. So ging es fort durch zwei, durch – zehn Jahre. Im Frühling reiste er nach seinen Gütern, sie nach den ihren; man sah einander erst im Herbste wieder, denn auf dem Lande liebte es Gräfin Neumark, einsam zu leben, und nahm keine anderen als die unentrinnbaren Besuche ihrer Nachbarn an. Von Zeit zu Zeit erneuerte Klemens seine Werbung und machte die Beobachtung, daß jeder ablehnende Bescheid, den er erhielt, ihn weniger schmerzte. Woran sich doch der Mensch gewöhnt! Es kam so weit, daß Marianne, ohne grausam zu sein, fragen durfte: »Wie ist mir denn? Nun sind anderthalb Jahre vergangen, in denen Sie nicht an meine Versorgung dachten. Ich scheine Ihnen reif geworden zur Selbständigkeit ... Oh, wie muß ich aussehen!«

Sie hatte gut lachen über ihr Alter; fast spurlos war die Zeit an ihr vorübergegangen und hatte ihr kaum einen Vorzug der Jugend geraubt. Ihr ganzes Wesen atmete die Frische, die nur denjenigen

Frauen bewahrt bleibt, die niemals große Leidenschaften empfunden, niemals schwere Seelenkämpfe durchgemacht haben und die, einem mehr oder minder unbewußten Selbsterhaltungstriebe folgend, immer da nachzudenken aufhören, wo das Nachdenken anfängt weh zu tun.

Sie ist gut, meinte der Fürst, und doch nicht zu gut, gescheit und doch nicht zu gescheit. – Mit ihr zu verkehren ist eine Wonne. Klemens fühlte das heute wie vor zehn Jahren. Und wenn er auch das Ziel seiner Wünsche nicht erreichte – die besten Stunden seines Lebens hat er hier in diesem kleinen traulichen Gemache, an diesem Kamine zugebracht, an dem er jetzt ihr gegenübersaß und einen Vortrag hielt über seinen Mangel an Beredsamkeit.

Marianne, die Hände übereinandergelegt, hörte ihm scheinbar zu. Sie mußte jedoch einen anderen Gedankengang verfolgt haben, denn plötzlich unterbrach sie seine Rede: »Und Sonnberg?« fragte sie. »Haben Sie ihn heute schon gesehen? Kommt er abends auf den Ball?«

»Wie sollte er nicht?« antwortete Klemens; »er ist ja sicher, Sie und Thekla dort zu finden.«

»Sie gefällt ihm also, meinen Sie?«

»Gefällt? … Er ist entzückt von ihr, hingerissen, über und über verliebt! Verlassen Sie sich auf mich, ich wiederhole es: bevor diese Woche zu Ende geht, ist Thekla seine Braut.«

Marianne war nachdenklich geworden; eine Wolke lag auf ihrer Stirn, als sie nach einer Pause erwiderte: »Ich könnte für sie nichts Besseres wünschen.«

»Ja, der ist's«, meinte Klemens, »der ist's! Ein Schwiegersohn recht nach Ihrem Herzen.«

»Und ein Mann nach Theklas Kopfe«, fügte die Gräfin hinzu.

Marianne war bei der Erziehung ihrer Tochter vornehmlich von der Sorge geleitet gewesen, in dem Kinde keine »Sentimentalitäten« und keine »Exaltationen« aufkommen zu lassen. Theklas Verstand sollte ausgebildet und ihre Phantasie gezügelt werden. Wohltätigkeit und Großmut hatte man ihr als Anforderungen ihres Standes hinzustellen. Sie sollte geben lernen, reichlich, mit vollen Händen, niemals jedoch ohne Überlegung, vor allem nie aus einer flüchtigen Wallung des Mitleids. »Wissen Sie warum, liebe Dumesnil?« sagte die Gräfin zu der Gouvernante ihrer Tochter, »weil jede Wohltat mit Undank belohnt wird und weil wir den leichter verschmerzen, wenn unser Gefühl mit der Handlung, die ihn hervorrief, nichts zu tun hatte.«

»Ah madame, à qui le dites-vous?« antwortete Madame Zephirine Dumesnil wie bei jeder Gelegenheit, in welcher ihr der Sinn von Mariannens Reden völlig dunkel blieb.

Madame Dumesnil war eine trockene, auf ihren Vorteil bedachte Französin, die sich gegen alles in der Welt, sogar gegen ihre Pflegebefohlenen, gleichgültig verhielt. Als aber Thekla heranwuchs, geläufig Englisch und Französisch sprach, ein brillantes Salonstück mit Sicherheit und Bravour auf dem Klavier vorzutragen verstand, wie ein Dämon zu Pferde saß, wie ein Engel tanzte und »un port de reine« bekam, da geriet ihre Erzieherin zuzeiten in Ausbrüche einer seltsam kalten, jedes Wort sorgsam abwägenden Bewunderung für die junge Dame.

Plötzlich jedoch wurde sie sparsamer mit ihrem Lobe und dafür verschwenderisch mit leisen Warnungen, die sich samt und sonders auf die Gefahren des Unbestandes bezogen. Die Komtesse, die bisher so manche Stunde des Tages am Klavier zugebracht, hatte nämlich begonnen, ihr musikalisches Talent zu vernachlässigen, und sich mit einer bei ihr ganz unerhörten Leidenschaftlichkeit auf die Malerkunst geworfen. Mit Mühe nur bewog man sie, ihre Staffelei zu verlassen. Freilich bot diese meistens einen interessanten Anblick dar. Da begraste sich eine magere Kuh auf fetter oder eine fette Kuh auf magerer Weide; da schlich eine Ziege tiefsinnig durch die schauerliche Stille der Einöde, da ragte aus dem Abgrund eine schmale Klippe empor, und auf derselben stand eine Gemse, mit Füßen, zusammengeschoben wie die eines in Ruhe gesetzten Feldsessels.

Sooft Theklas Zeichenmeister erschien, hatte sie ihm ein eben fertiggewordenes Werk vorzuweisen. Herr Krämer warf sich in einen Fauteuil der Staffelei gegenüber, spreizte die Beine auseinander, stützte die Ellbogen auf seine Schenkel und verschränkte die Hände. »Damit ich sie nicht über dem Kopf zusammenschlagen kann«, sagte er, blickte zuerst zu Thekla und dann zu dem neuentstandenen Kunstwerk empor und fuhr fort, während es gar sonderbar in seinem Gesichte zuckte: »Schau, schau, unser Komtesserl! ... Aber was macht denn die Bank mitten auf der ›Straßen‹? Ja so, ein Pferd ist's ... Aha! – Also nur fort so – das heißt: ganz anders ... ich mein halt nur in der Ausdauer; Geduld überwindet Sauerkraut.«

Madame Dumesnil warf ihm einen indignierten Blick zu, Thekla jedoch nahm Palette und Malerstock zur Hand und machte sich mit glühendem Eifer an die Arbeit. Krämer spaßte die ganze Stunde hindurch, ergriff manchmal einen Pinsel, und über die Schulter seiner Jüngerin hinweg verwischte er die Hälfte des Bildes, an dem sie sich mit so großer Emsigkeit abmühte. Sie nahm es nicht übel, erhob keine Einsprache, und Madame Dumesnil, auf solche ihr von Thekla nie erwiesene Unterwürfigkeit eifersüchtig, nahm den Maler »en horreur«.

Da ereignete sich eines schönen Wintermorgens etwas Ungeheures, etwas Unerhörtes. Madame Zephirine stürzte in das Schlafzimmer der Gräfin und legte eine Herrn Krämer gehörende Zeichnungsvorlage auf Mariannens Bett. Sie rief: »Madame, madame – voilà!« und deutete mit »schauderndem Finger« auf eine Zeile, die, an den Rand des Blattes hingekritzelt, die Worte enthielt: »Haben Sie mich lieb?« Daneben war von anderer, ach, von schwungvoller, kühner, ach, von Theklas Hand ein deutliches: »Ja!« geschrieben.

Marianne starrte die unheilvollen Züge an, und ihr Gesicht wurde weiß wie das Kissen, auf dem sie ruhte.

»Dieses Blatt«, keuchte Zephirine, »dieses Blatt war bestimmt, heute dem Unverschämten übergeben zu werden ...«

Marianne hemmte den Ausbruch von Madame Dumesnils Zorn, dankte ihr bestens für die bewiesene Wachsamkeit und äußerte den Wunsch, allein gelassen zu werden.

Als Krämer, wie gewöhnlich zu spät, zur Unterrichtsstunde kam, wurde er an der Haustür von dem Kammerdiener in Empfang genommen und anstatt nach Theklas Lehrzimmer nach dem Salon geleitet. Schon das machte ihn stutzen, als er aber die Gräfin erblickte, die ihm mit dem Corpus delicti in der Hand entgegentrat, ward ihm recht übel zumute.

»Herr Krämer«, begann Marianne mit gepreßter Stimme – »es ist unwürdig von Ihnen ...« Ihre hohe Erregung hinderte sie fortzufahren, und der burschikose junge Mann und die ruhige, weltgewandte Frau standen einander fassungslos gegenüber.

Er war's, der seine Geistesgegenwart zuerst wiedergewann.

»Frau Gräfin«, sagte er, auf das Blatt deutend, das sie früher vor ihm emporgehalten und das jetzt in ihrer herabgesunkenen Rechten zitterte. – »Nehmen Sie's nicht übel, Frau Gräfin. Das Komtesserl ist immer so schön rot geworden, wenn ich gekommen bin, und so hab ich mir halt einen Spaß gemacht. Einen schlechten Gedanken hab ich dabei nicht gehabt. Nehmen Sie mir's nicht übel«, wiederholte er treuherzig.

Marianne sah ihn an, und zum ersten Male fiel es ihr auf, daß Herr Krämer ein hübscher Mensch war, mit gewinnenden Augen und mit offenem Gesichte. Das ihre verfinsterte sich immer mehr, und nach einer neuen peinlichen Pause sprach sie: »Meine Tochter nimmt von heute an keinen Unterricht im Malen mehr ...«

Er fiel ihr rasch ins Wort. »Das ist gescheit! Denn wissen Sie, Frau Gräfin, Talent hat sie gar keins. Es ist schad um die Zeit. Ich hätt Ihnen das eigentlich schon lang sagen sollen, aber ich hab mir halt gedacht, bei Ihresgleichen kommt es ja nicht darauf an.«

So großer Unbefangenheit gegenüber erlangte Marianne, wenigstens scheinbar, ihren Gleichmut wieder. Mit einigen kalt verabschiedenden Worten reichte sie Herrn Krämer seine Zeichnungsvorlage, von der Theklas Ja natürlich weggetilgt worden war, und ein wohlgefülltes Kuvert.

Dem Maler schoß das Blut ins Gesicht; er senkte einige Sekunden lang den Blick auf das inhaltreiche Päckchen in seinen Händen und sagte dann: »Schauen Sie, Frau Gräfin, das kann ich nicht annehmen … Das hab ich nicht verdient.« Resolut legte er das Geld auf den Tisch, bat, »dem Komtesserl« einen Gruß von ihm auszurichten, und ging seiner Wege.

Hätte Herr Krämer nicht so große Eile gehabt, den Platz zu räumen, und sich in der Tür umgewandt, ihm würde ein Anblick zuteil geworden sein, dessen sich niemand aus der nächsten Umgebung der Gräfin rühmen konnte. Er hätte die Frau, die man empfindungslos nannte, dastehen gesehen, bebend, gebeugt, das Gesicht von Tränen überströmt. – –

Abends hatte Madame Dumesnil wie gewöhnlich die aus dem Theater kommenden Damen mit dem Tee erwartet. Marianne trat vor den Pfeilerspiegel, um ihre Coiffure abzunehmen. Sie stand abgewandt von ihrer Tochter, die sich in einem Fauteuil niedergelassen hatte und auf deren Gesicht das Licht der von einem Schirme halb bedeckten Lampe fiel. Jeden Zug, jede Bewegung desselben konnte Marianne deutlich im Spiegel sehen.

Nach einigen Bemerkungen über die heutige Vorstellung sprach die Gräfin in gleichgültigem Tone: »Unter anderem: der Zeichenlehrer hat abgedankt. Er gedenkt nicht länger seine Zeit mit unserer Thekla zu verlieren … Er meint, du hättest kein Talent, armes Kind.«

Theklas Augen sprühten helle Zornesfunken, die Röte des Unwillens flammte auf ihren Wangen; ihre zuckenden Lippen öffneten sich wie zu rascher Antwort, aber – sie schwieg. Sie warf den Kopf mit einer stolzen Bewegung in den Nacken und – schwieg.

Nach einer kleinen Weile war Marianne mit ihrer Coiffure zustande gekommen, setzte sich an den Tisch und ließ sich mit Madame Dumesnil in eine lebhafte Erörterung der neuen Kleidermoden ein, an welcher Thekla nicht teilnahm.

Das junge Mädchen befand sich zwei Tage lang in empörter Stimmung, dann verfiel sie in Melancholie, die nach abermals zwei Tagen einer unbestimmten Empfindung Platz machte, halb Groll, halb Reue, ganz und gar: Unbehagen. Noch waren nicht vier Wochen ins Land gegangen seit Herrn Krämers improvisierter Liebeswerbung, als die kleine Gräfin sich ihres so rasch erteilten Jawortes nur noch mit Entsetzen erinnerte, und ein halbes Jahr hindurch konnte sie von ihrem oder von einem Zeichenlehrer überhaupt nicht sprechen hören, ohne vor Scham an Selbstmord zu denken.

Einen tiefen, ja, wie Madame Dumesnil meinte, unbegreiflich tiefen Eindruck machte diese Episode im Jugendleben Theklas auf ihre Mutter.

Das kleine Ereignis, es ist nicht anders möglich, muß die Gräfin zu einem Rückblick in ihre eigene Vergangenheit veranlaßt, muß schmerzliche Erinnerungen in ihr geweckt haben, dachte die Französin. Sie besann sich jetzt des halb vergessenen Gerüchtes, Marianne habe dereinst einen Menschen geliebt, der ihrer in keiner Weise würdig war; einen Mann von vielem Geiste, scharfem Verstande, aber zweifelhaftem Rufe, der die Phantasie des jungen Mädchens zu fesseln, ihr Herz zu gewinnen wußte und sich plötzlich – sehr zur Beruhigung ihrer Eltern – von ihr abwandte, um ein mit Ostentation zur Schau getragenes Verhältnis mit einer stadtkundigen Schönheit einzugehen. Es gab Leute, die behaupteten – vielleicht ohne es selbst zu glauben –, die Gräfin habe ihre Neigung für Hans von Rothenburg niemals ganz überwunden. Diese schlecht belohnte Liebe habe Zeit und Entfernung, habe Mariannens Ehe mit einem ehrenwerten Manne überdauert und den einzigen Schatten geworfen, der jemals in ihr glückliches Dasein fiel. Was an alledem Wahres sei, erfuhr die neugierige Dumesnil nie und blieb in dieser Sache auf die Gedanken angewiesen, welche sie sich selbst darüber machte. Nahrung gab ihnen allerdings die Unruhe, in die Marianne durch Theklas kindische Herzensverwirrung versetzt wurde. So ängstlich behütet man ein geliebtes Haupt nur vor selbsterfahrenem Übel. Die Gräfin stand nachts auf und wachte stundenlang am Bette ihrer schlafenden Tochter. Sie führte eine strengere Kontrolle denn je über die Bücher, die Thekla las, über die Musikstücke, die sie spielte, einen lebhafteren Kampf denn je gegen Überspanntheit und Schwärmerei. Und sie mußte sich endlich sagen, daß dieser Kampf siegreich gewesen war.

Mit achtzehn Jahren trat Thekla in die Welt, gefiel außerordentlich und bewegte sich in der neuen Umgebung wie in ihrem ureigensten Elemente. Nichts blendete, nichts überraschte sie. Ruhig nahm sie die Huldigungen hin, die ihr dargebracht wurden, lächelte über den Neid minder Bevorzugter und hielt mit kühler Majestät jeden fern, der sich aus einer weniger glänzenden Sphäre hervor in die ihre wagte.

Einige »sehr annehmbare« Bewerber waren von Thekla bereits ausgeschlagen worden, als Paul Sonnberg zum ersten Male in der Gesellschaft erschien. Ihm ging der Ruf eines Mannes voran, der zu einer großen Laufbahn bestimmt sei. In seinem Leben war alles anders gewesen als in dem der meisten seiner Standesgenossen. Eine Jugend voll Arbeit und Mühen lag hinter ihm. Er hatte als Kind die öffentlichen Schulen besucht und dann eine deutsche Universität bezogen.

»Obwohl er Ihr einziger Sohn, der einzige Erbe eines großen Vermögens ist?« sprachen die Leute zu seinem Vater.

»Weil er das ist«, lautete die Antwort. »Vermögen ist Unvermögen in der Hand eines Menschen, der nichts vermag. In meiner Hand zum Beispiel, in der Euren!«

Schwer lastete auf dem alternden Manne das Bewußtsein, den Anforderungen der neuen Zeit, die für ihn unversehens hereingebrochen war, nicht genügen zu können. Das Gefühl der Ohnmacht, das ihn niederdrückte, sollte sein Sohn niemals kennenlernen; gerüstet sollte der in das streitbare Leben treten, arbeitsgewohnt in die tätigkeitsfrohe Welt. Der Vater meinte ihn nicht zeitig genug auf eigene Füße stellen, auf eigene Kraft anweisen zu können.

»Es mußte sein! es geschah für ihn!« Damit tröstete der Graf sich und seine Frau nach dem Abschied von dem geliebten Kinde, das ihnen – eine spät erfüllte Hoffnung – noch im Alter geschenkt worden war.

Paul verstand die Wünsche und Erwartungen der Seinen und übertraf sie alle. Jahr um Jahr kehrte er zurück, reicher an errungenen Ehren. Daheim empfing ihn vergötternde Liebe; die Mutter lebte auf, der Vater vermochte kaum sein Entzücken über den herrlichen Sohn hinter still billigendem Ernste zu verbergen; alle Gesichter verklärten sich, das ganze Haus schimmerte im Freudenglanze. Wie ein verwunschener Prinz in den Tagen der Entzauberung zu seinem Königreiche kommt, so kam auch Paul für kurze Zeit in den Besitz seiner angestammten Rechte. Nach absolvierter Universität ging er nach England, um dort Agronomie zu studieren, und traf endlich, heiß und ungeduldig ersehnt, zu bleibendem Aufenthalte im Elternhause ein. Nun hieß es zeigen, was er gelernt hatte! Es hieß Neuerungen einführen, die wirtschaftlichen Zustände seines Erbgutes verbessern, der ganzen Gegend ein Beispiel geben zu heilsamer Nachahmung. Der stumpfe Widerstand, der seinem Eifer, das Mißtrauen, das seinem guten Willen entgegengebracht wurde, entmutigten ihn nicht – lange nicht! Als er aber nach Jahren rastlosen Fleißes immer wieder an die eingebildete und doch unübersteigliche Scheidewand zwischen Theorie und Praxis anrannte, als jeder seiner Erfolge mit Spott, jeder seiner Mißerfolge mit Schadenfreude begrüßt wurde, da riß ihm die Geduld, und Überdruß stellte sich ein. Dieser wurde noch erhöht durch die Unsicherheit der allgemeinen Lage, durch die trostlosen Verhältnisse des ganzen Landes. Österreich stand damals am Abgrund, an den die Sistierungspolitik es geführt; im Innern war der Hader der Nationalitäten entbrannt, von außen drohten Kämpfe auf Leben und Tod.

In der Ehe, die Paul, den heißesten Wunsch seiner Eltern erfüllend, mit ihrer Ziehtochter, einer armen Verwandten, geschlossen hatte, fand er kein Glück. Seine junge Frau war von ihm niemals geliebt worden, und er fühlte sich durch ihre Liebe nur gequält. So war ihm der Aufenthalt in der Heimat in jeder Weise vergällt, und freudig beinahe, als die Kriegsanzeichen sich mehrten, eilte er nach Wien und ließ sich als gemeinen Soldaten in ein Regiment anwerben, das eben nach Italien abmarschierte. Auf dem Wege erreichte ihn die Nachricht, daß ein Töchterchen ihm geboren sei und daß er seine Frau verloren habe.

Nach beendetem Feldzuge quittierte Paul die Offizierscharge, zu welcher er auf dem Schlachtfelde von Custozza befördert worden, und nahm im Reichsrate seinen Platz unter den Männern der Opposition ein. Sein Wissen, die Energie, mit welcher er seine Meinungen vertrat, erregten Aufmerksamkeit. Daß er ideale Zwecke verfolgte, setzte man auf Rechnung seiner Jugend; daß er freisinnige Politik trieb, wurde als eine Art Sport angesehen und dem Edelmanne verziehen, der den Augenblick schon finden werde, in die rechte Bahn einzulenken. In der Gesellschaft sicherten ihm seine Geburt und sein Vermögen eine bevorzugte Stellung. Aber sein Fuß war zu schwer für den parkettierten Boden des Salons. Er hätte die große Welt bald geflohen, wäre nicht Thekla darin zu finden gewesen. Wenn je zwei Menschen, so waren die füreinander geboren, urteilte ihre Umgebung. Beide zu gleichen Ansprüchen berechtigt, beide jung, schön, hochbegabt, mit Glücksgütern reich gesegnet; Namen, Rang, Verhältnisse in vollkommenster Übereinstimmung. Mit der Unbefangenheit eines Mannes, der eine Zurückweisung nicht besorgt, legte Sonnberg seine Bewunderung an den

Tag; mit sichtbarem Wohlgefallen wurde sie aufgenommen. Alle anderen Bewerber Theklas traten zurück, und jede leise Hoffnung auf die Gunst der Gefeierten erlosch, als man Paul dem Fürsten Eberstein auf die Frage: »Wie gefällt sie Ihnen?« antworten hörte: »Wie das Schönste, das ich jemals sah!«

Der Ball, auf dem Fürst Klemens eine entscheidende Wendung seines Schicksals zu erleben hoffte, ging zu Ende; er war der letzte und zugleich der glänzendste dieser Saison. Marianne erwartete nur den Schluß des Kotillons, um das Fest zu verlassen, und dieselbe Absicht hatte Sonnberg ausgesprochen, der, an ihrer Seite sitzend, dem Tanze zusah. Sie führten ein eifriges Gespräch, das die Gräfin von allgemeinen Gegenständen auf besondere und endlich auf persönliche zu lenken verstand. Paul bemerkte bald, daß er einem kleinen Verhör unterzogen wurde, doch geschah dies in so freundlich teilnehmender Weise, daß es unmöglich war, auf eine Frage die Antwort schuldig zu bleiben. Besonders warm und herzlich lauteten die Erkundigungen Mariannens nach den Eltern Sonnbergs und nach seinem Töchterchen; sie wollte wissen, ob die Kleine ihrer verstorbenen Mutter ähnlich sehe; sie wollte etwas hören von ihrer Gemütsart, ihren Eigentümlichkeiten.

Ein überlegenes Lächeln umspielte seinen Mund, und er entgegnete: »Sie lag in Windeln, als ich sie zum letzten Male sah; ich kann Ihnen demnach über das Äußere der jungen Person nichts verraten. Ihre Eigentümlichkeiten aber, ihre Gemütsart werden wohl die der Leute ihres Alters sein.«

»Und die ihrer eigenen kleinen Individualität.«

»Individualität? Ich denke, daß sie noch keine hat. Zu drei Jahren sind alle Kinder einander gleich.«

»Nicht zwei«, sprach die Gräfin bestimmt, »auf der ganzen Erde nicht zwei!«

»Wahrhaftig?« versetzte er zerstreut. Sein Auge verfolgte mit dem Ausdruck eifersüchtigen Entzückens die schöne Thekla, die jetzt in den Armen ihres Tänzers an ihm vorüberwirbelte.

Marianne verglich die heiße Leidenschaft, die aus seinen Blicken funkelte, mit der Kälte, die sie angefröstelt hatte, als er von seinen Eltern, seinem Kinde sprach, und dachte: – Was für eine Art Mensch bist du eigentlich? Es liegt etwas Unfertiges, Unaufgeschlossenes in dir. – Ah! tröstete sie sich, er hat zuviel in Büchern gesteckt; er kennt das Leben nicht. Die Schule und ein einsames Schloß auf dem Lande, das war bisher seine ganze Welt. Er steht zum ersten Male im Menschengewühl, und mit all seiner Weisheit ist er doch nur ein Neuling darin. Aber – wo hat er Wurzeln geschlagen? Was ist sein eigentliches Element? Die Familie nicht – er scheint sehr gleichgültig gegen alle, die ihm angehören. Wahrlich, ein Mann, der Mariannen auf dem Balle von den Süßigkeiten des Familienlebens vorgesäuselt hätte, wäre ihr lächerlich vorgekommen; aber so trocken, wie dieser Sonnberg es tat, sollte niemand diejenigen abfertigen, die ihn an die Seinen erinnern.

Die Gräfin sah ihn von der Seite an: – Verwöhnt wurdest du, das ist's! Zuerst durch das Glück, das dich mit Talent reich ausgestattet hat und mit Mitteln, es geltend zu machen, dann durch übergroße Liebe. Als eine Last empfindest du sie und meinst genug zu tun, wenn du sie nur duldest, nur erträgst.

Wieder betrachtete sie ihn, forschend, aufmerksam. Sein Gesicht drückte die höchste, erwartungsvollste Spannung aus. »Wahltour!« hatte der Vortänzer gerufen – Thekla, eben erst an ihren Platz zurückgeführt, erhob sich. Mehrere junge Leute eilten herbei, umringten sie, und jeder flehte: »Wählen Sie mich! – Mich!« Sie schüttelte verneinend den Kopf; der Kreis, der um sie geschlossen worden war, teilte sich, und sie ging, an all den Enttäuschten vorbei, langsam, in gleichmäßigen Schritten die Breite des Saales durchschreitend, auf Sonnberg zu. Und nun, anmutig und stolz in ihrem duftigen Gewande, die Wangen rosig angehaucht, die herabhängenden Hände leicht ineinandergelegt, stand sie vor ihm und grüßte ihn mit einem kaum merkbaren Neigen des Hauptes. Er sprang auf – aus seinem Antlitz war alle Farbe gewichen – er zitterte, ja, er zitterte! wie nach Atem ringend hob sich seine Brust ... Im nächsten Augenblicke jedoch hatte er sich gefaßt, umschlang die reizende Gestalt, und sie flogen im raschen Takte der Musik dahin, von allen, die sich in dem leuchtenden Saale lebensdurstig und lebensfreudig im Tanze bewegten, das schönste Paar.

An der Seite dieses Mannes nahm sich Mariannens blühende Tochter beinahe schmächtig aus, aber friedliche Ruhe lag auf ihrer Stirn, gleichmütig wie immer glänzten ihre klaren blauen Augen, während die seinen zu glühen schienen und sein ganzes Wesen eine gewaltige, tiefe, selige Verwirrung verriet.

Die Gräfin fühlte die bange Sorge schwinden, die ihr Herz beklemmt hatte. – Die wird ihn nicht verwöhnen, sagte sie zu sich selbst, der zweiten Frau wird er sich beugen! ...

Ein hagerer, hochgewachsener Mann, der sich ihr näherte, unterbrach sie in ihren Betrachtungen.

»Er tanzt!« sprach er, auf Sonnberg deutend, »die Statue des Komturs steigt von ihrem Piedestal herab und tanzt!«

Marianne wandte sich langsam beim Klange der wohlbekannten Stimme und entgegnete: »Das ist weniger verwunderlich, Herr von Rothenburg, als daß Sie kommen, um ihr zuzusehen.«

»Deshalb komme ich auch nicht, sondern um, wie gewöhnlich, meine Betrachtungen zu machen beim Schluß unserer Karnevalsausstellung, unseres Kindermarktes von Bethnal Green.«

Die Gräfin zuckte schweigend mit den Achseln; er nahm ohne Umstände Platz neben ihr und fuhr fort: »Immer dasselbe, nicht wahr? Angebot und Nachfrage stimmen niemals überein.«

Wie Kurzsichtige pflegen, zog er seine kleinen, tiefliegenden Augen zusammen und fixierte Marianne mit eigentümlich scharfem Blicke.

»Was fehlt Ihnen, Frau Gräfin? Sie sind aufgeregt. Sollte das Ereignis, das bevorsteht in Ihrer Familie, sich Ihrer unbedingten Zustimmung nicht erfreuen?«

Sie versuchte nicht, Unbefangenheit zu heucheln und zu tun, als verstände sie ihn nicht. Sie antwortete einfach: »Es ist keineswegs ausgemacht, daß überhaupt ein Ereignis bevorsteht.«

»Um so besser dann«, sprach er.

»Warum?« fragte Marianne befremdet.

Er lachte: »Warum? Bin ich der Mann, von dem man Gründe fordert? ... Und wenn ich von meinem ahnungsvollen Gemüte spräche, würden Sie mir glauben?«

Eine kleine Pause entstand, dann sagte Marianne wie mit plötzlichem Entschlusse: »Was haben Sie gegen den Grafen Sonnberg?«

Rothenburg antwortete spöttisch: »Alles. Daß er jung ist, daß er reich, schön, vornehm ist, daß er ...«

»Den Ruf eines gescheiten Mannes besitzt«, ergänzte die Gräfin in demselben Tone.

»Den ihm alberne Leute gemacht haben – und der deshalb unerschütterlich ist. Übrigens«, fuhr er ernsthaft fort, »glauben Sie nicht, daß ich ihn unterschätze. Er besitzt ein kostbares und trotz der Behauptung unserer Psychologen äußerst seltenes Gut: eine Seele. Vorläufig ist ihm das noch ein Geheimnis – er weiß es nicht. Aber der Augenblick wird kommen, in welchem er's erfährt, und dieser wird für ihn ein entscheidender sein.«

Mit gesenktem Haupte hatte Marianne seinen Worten gelauscht, die beinahe völlig ihre eigenen Gedanken aussprachen.

»Sie raten mir also –« fragte sie zögernd.

»Zu mißtrauen!« rief er, »dem Schicksal immer dann am ängstlichsten zu mißtrauen, wenn es ein ungetrübtes Glück zu verheißen scheint. Die boshaften Mächte, die über dem Menschendasein walten, geben entweder den Durst oder die Labe, das Schwert oder die Faust, die es führen könnte; sie geben jenem den Wunsch, diesem die Erfüllung, und wo ich äußere Übereinstimmung sehe, weiß ich auch: hier ist innerer Zwiespalt.«

»Etwas geb ich zu von alledem«, sprach Marianne, »ohne deshalb an Ihre ›boshaften Mächte‹ zu glauben. Und – vollkommenes Glück! Wer denkt daran?«

»Nicht wahr?« rief er, »besonders in unserem tugendreichen Zeitalter, das jedes andere Glück verbietet als das pflichtmäßige.«

»Das haben frühere Zeitalter wohl auch getan.«

»O nein! Als noch Leidenschaft, Kraft und Mut auf Erden herrschten, da war es anders. Naivetät entschuldigte die Schuld. Munter verübten die alten Götter ihre Frevel, und die Menschen ahmten ihnen unbefangen nach. Wenn Antonius und Kleopatra sündigten, applaudierten zwei Weltteile. Jetzt schleicht die Sünde lichtscheu umher, und feige Reue heftet sich an ihre Fersen. Wir, denkende Schwächlinge, entnervt durch die Reflexion, wir verstehen auch das schönste Verbrechen nicht mehr zu genießen.«

»Verbrechen genießen? … Das sind wieder ganz Sie selbst!« sagte Marianne.

Die Gereiztheit, die aus ihrer Stimme klang, schien Rothenburg ein lebhaftes Vergnügen zu machen. »Immer nur ich! Mehr denn je!« scherzte er, »seitdem die einzige Hand, die sich zu meiner Rettung ausstreckte, mich aufgegeben hat – völlig aufgegeben. Nicht wahr?«

Marianne begegnete seinem höhnisch herausfordernden Blick; ein Ausdruck unerbittlicher Strenge lag auf ihrem Gesichte; ihre Augen glänzten wie im Bewußtsein eines Sieges, und sie sprach gelassen: »Sie haben sich eben teilnehmend und besorgt um Theklas Wohl gezeigt, was treibt Sie, diesen guten Eindruck zu verwischen?«

»Mein böser Dämon vermutlich«, antwortete er in leichtfertigem Tone. »Aber lassen wir das. Frieden also und ewige Freundschaft!«

»Frieden«, wiederholte sie nachdrücklich, »so guten, als Sie fähig sind zu halten. – Da kommt Thekla!«

Marianne erhob sich und ging ihrer Tochter entgegen, die am Arme des Fürsten Klemens auf sie zugeschritten kam. Einen Augenblick starrte ihr Rothenburg finster nach: »Doch schade!« murmelte er zwischen den Zähnen, dann wandte er sich um mit einer Bewegung, als gälte es, eine unbequeme Last abzuschütteln, und verschwand in der Menge, die den Gemächern zuströmte, in denen das Souper aufgetragen worden.

Die kleine Gesellschaft, die sich noch im Ballsaale befand, schickte sich an, ihn zu verlassen. Sie bestand aus der Gräfin und ihrer Tochter und aus Eberstein und seinem Neffen. Dieser, ein junger Mann mit rundem Kindergesichte, treuherzigen braunen Augen, weit auseinanderstehenden Zähnen und einem dünnen lichtblonden Vollbärtchen, bot nun Thekla seinen Arm, während Marianne den des Fürsten annahm.

Das junge Paar ging dem älteren voran. Schüchtern und leise, dabei jedoch höchst eifrig sprach der kleine Graf zu seiner schweigenden Gefährtin.

»Er macht ihr Vorwürfe«, sagte der Fürst, als sie über die blumengeschmückte Treppe der Halle hinabgestiegen. »Er hat Ursache dazu; sein gutes Recht wäre gewesen, den Kotillon, den er mit ihr tanzte, auch mit ihr zu beschließen. Der arme Junge wartete so ungeduldig, daß sie ihm zurückkehre! Aber als es endlich geschah, da wurde seine Aufforderung zur letzten Walzertour – abgelehnt. Ja, ja – abgelehnt! Majestätisch wie sie sein kann, die junge Hexe, sprach sie: ›Ich danke Ihnen – ich tanze heute nicht mehr …‹«

»Das hat Thekla gesagt?« fragte die Gräfin erschrocken.

»Jawohl!« entgegnete Klemens fröhlich, »und mit einem Blick auf den glückstrahlenden Sonnberg, einem ernsten, huldvollen Blick; ich wollte, Sie hätten ihn gesehen! Verraten Sie mich aber nicht!« flüsterte er Mariannen zu.

Der Wagen war vorgefahren, die Damen stiegen ein. »Morgen also, um zwei Uhr, kommen wir«, rief ihnen der Fürst noch zu, und die Equipage rollte davon.

»Warum sagen Sie wir?« fragte Alfred, »wer begleitet Sie morgen zu der Gräfin?«

Klemens zog sein Cachenez bis zu den Ohren hinauf und erwiderte kurz: »Sonnberg begleitet mich.«

»Wie, lieber Onkel – Sie machen sich zu seinem Freiwerber?« sprach Alfred vorwurfsvoll – »Sie! … Und wissen doch …«

»Ich kann in dieser Angelegenheit keine Rücksicht auf dich nehmen. Ich kann in dieser Sache nichts für dich tun. Es war ein Unsinn, daß du dich in Gräfin Thekla verliebtest … Zum Teufel, ehe man sich verliebt, sieht man zu in wen!« Das Gespräch, das er heute morgen mit Mariannen gehabt, kam dem Fürsten sehr zu Hilfe, und er schloß: »Mit dieser Empfindung mußt du trachten fertigzuwerden. Das kann man. Man muß nur beizeiten zum Rechten sehen.«

Unterdessen hatte Paul, der seinen Wagen fortgeschickt, zu Fuß den Heimweg angetreten. Ihn lockte der Gang durch die schneebedeckten Straßen in der stillen Winternacht. Erquickt von der kalten Luft, die ihn anwehte, sog er sie tiefatmend ein und begann gewaltig auszuschreiten. Wie groß und weit war ihm das Herz! Als hätte ein Bann sich gelöst, der auf ihm ruhte, so fühlte er sich; als wären ungeahnte Fähigkeiten in ihm erwacht.

– Das ist das Glück! das ist die Liebe! jauchzte es in seiner Brust. Was hatte er bisher für den Inhalt des Lebens gehalten? Einen Ehrgeiz, den Tausende besaßen, das Jagen nach Zielen, die andere so gut wie er erreichen konnten. Von dem alles verklärenden Licht, von der Krone des männlichen Daseins, von der Liebe zu einem Weibe, davon hatte er nichts gewußt. Wohl war er angebetet worden von Kindheit an, hatte schwärmerische Neigungen eingeflößt, erwidert aber hatte er noch keine der liebevollen Empfindungen, die ihm entgegengetragen wurden. Und jetzt – wie aus dürrem Waldesboden die Lohe bricht, wie Feuerfluten emporsteigen aus dem felsenstarrenden Berge, so flammte jetzt in seiner Seele die Leidenschaft plötzlich auf. Sie war erwacht, ein göttliches Wunder; das schöne Geschöpf, das er eben in seinen Armen gehalten, hatte sie geweckt, zu niemals geahnter Wonne …

Eine Regung von Mitleid erwachte in ihm – wie ein Schatten zog die Erinnerung an seine verstorbene Frau durch sein Gemüt. Aber selbst dieser leichte Schatten, den eine trübe Vergangenheit über die leicht strömende Gegenwart gleiten ließ, verflog. Was ist eine wehmütige Erinnerung im Augenblick der seligsten Erfüllung? … Vorbei! vorbei! Friede mit den Toten und Glück und Macht mit den Lebendigen!

Am folgenden Tage um zwei Uhr ließen Eberstein und Sonnberg sich bei der Gräfin anmelden. Klemens trug eine Zeitlang die Kosten der Unterhaltung, gestand aber plötzlich, daß er heute nur gekommen sei, um zu gehen, da eine Verabredung mit seinem Geschäftsmanne ihn an das andere Ende der Stadt rufe, und verabschiedete sich mit einem freudestrahlenden Blick auf Marianne und einem Blick voll väterlichen Wohlwollens auf Paul.

Von ihrem Fenster aus, das in den hellen geräumigen Hof hinabging, hatte Thekla die beiden Herren kommen und den Fürsten sich nun entfernen gesehen. Sonnberg war allein bei ihrer Mutter. Jetzt, ganz gewiß jetzt stellt er seinen Antrag. Er sagt, daß er von Thekla dazu berechtigt sei. Eine Pause! Eine halbe Minute Pause: der Anstand will's, und so gehört es sich. – Das Mädchen sah nach der Uhr auf dem kleinen Schreibtisch. Die halbe Minute war vorbei, und Mama spricht vielleicht in diesem Augenblicke: »Ich vertraue

Ihnen die Zukunft meiner einzigen Tochter an …«» Die gute Mama! Theklas rosige Lippen, die sich soeben mit einem prächtigen Ausdruck mutwilliger Überlegenheit aufgeworfen hatten, verzogen sich ein klein wenig wie die eines verwöhnten Kindes, dem man ins Gewissen redet und das mit seiner Rührung kämpft. Ihre Pulse begannen rascher zu schlagen, eine nie gefühlte Bangigkeit beengte ihre Brust. Sie erhob sich, trat an das Fenster und blickte hinab in den Hof.

Da steht Sonnbergs Equipage. Ein kleines dunkles Kupee, leicht und solid gebaut, vor Neuheit funkelnd. Der Kutscher sitzt steif auf dem Bocke, hält mit der rechten Hand den Stiel der Peitsche auf den Schenkel gestützt und in der linken die Zügel. Man sieht's ihm an, daß er lieber sterben als die Augen von seinen Pferden wenden würde. Ei, sie sind dieser Aufmerksamkeit wohl wert, die zierlichen Rappen mit ihren feinen Köpfen, ihren schlanken Hälsen, mit den geschmeidigen stählernen Fesseln. Ihr seidenes Haar ist schwarz wie die Nacht, und wie Mondlicht schimmert sein Glanz. Sie stampfen mit spielender Grazie den Boden und blasen übermütig die Nüstern auf, als fühlten sie, daß ein Kennerauge auf ihnen ruhte … Thekla hatte ihre Mutter oft ungeduldig gemacht durch die Behauptung: Um zu wissen, was an einem Menschen sei, brauche sie nur – seine Equipage zu sehen. An das erschrockene: »Ich bitte dich!« das Marianne bei dieser Gelegenheit auszustoßen pflegte, dachte Thekla jetzt und hielt in Gedanken eine kleine Rede an ihre Mutter: Sieh dorthin und wage es, mir unrecht zu geben. Sieh diesen Wagen, dieses Gespann, diese Riemen, diese Schnallen! Ist das nicht alles korrekt und tadellos, pünktlich, charaktervoll? Auch Klemens hat englische Kupees und Pferde aus edelstem Blut, aber wie ist das alles zusammengestellt? Ohne rechten Geschmack, ohne die Strenge, die unerbittlich auf Sorgfalt bis ins kleinste dringt. Der Weichling verrät sich überall!

Sie wandte sich vom Fenster weg und begann im Zimmer auf und ab zu schreiten. Ihre Phantasie zauberte ihr einen noch viel schöneren Anblick vor als den, welchen sie eben genossen: die Equipage der Gräfin Sonnberg und bald auch das Palais, durch dessen Einfahrt diese Equipage rollte, während die Glocke dreimal anschlug und der dicke Portier sich ehrerbietig verneigte in seinem roten Pelze mit goldgesticktem Bandelier … Rot und Gelb sind die Sonnbergischen Farben, das Wappen ist eine goldene Sonne, aufsteigend am purpurnen Horizont. Dieses Sinnbild prangt über dem Tore des majestätischen Bauwerks, eines Juwels altertümlicher Architektur, des Palais, dessen Gebieterin sie werden sollte, Gebieterin des Gebieters und aller, die dem Gebieter dienten …

Thekla war an Reichtum und Behagen gewöhnt, aber im Witwenhause ihrer Mutter hatte sich allmählich ein Domestikenregiment und mit ihm so mancher Mißbrauch eingeschlichen. Es fehlte der kräftige Mann, der die Herrschaft in starken Händen hält. Graf Sonnberg wird das verstehen, er wird für die Ordnung und nach außen für den Glanz seines Hauses sorgen. Den Mittelpunkt dieses Glanzes gedenkt Thekla zu bilden und von ihm umgeben sich der Welt zu zeigen, in der Stadt zur Winterszeit, im Sommer auf ihren Schlössern … Dort will sie leben, wie der Adel im vorigen Jahrhundert auf seinen Schlössern zu leben pflegte, einen zahlreichen Freundeskreis gastfrei um sich versammeln, täglich neue Feste ersinnen, den Hasen jagen auf der Heide, den Hirsch im Walde und sich lächelnd der Zeiten erinnern, in denen sie in Wildungen zwischen ihrer Mutter und Madame Dumesnil saß und Weihnachtsjacken und Neujahrshauben für die armen Dorfkinder häkelte und strickte.

Die Uhr auf dem Schreibtische hob aus zum Stundenschlag … drei Uhr … die Unterredung zwischen dem Grafen und ihrer Mutter dauerte lang – was hatten sie einander zu sagen? … Ihr wurde angst – sollten alle ihre schönen Träume in Luft zerrinnen? … Aber da pochte es an der Tür, der Kammerdiener erschien und sprach: »Die Frau Gräfin lassen bitten …«

Thekla fand ihre Mutter im kleinen Salon, an ihrem gewöhnlichen Platze, in ihrer gewöhnlichen Haltung, aber mit geröteten Wangen, ja sogar mit leicht geröteten Augen. In hoher Erregung schritt Sonnberg auf das junge Mädchen zu, er war sehr bleich, und seine Lippen bebten.

»Ihre Mutter teilt Ihr Vertrauen zu mir nicht, Gräfin Thekla«, sprach er. »Sie verurteilt mich zu einer Probezeit … Ich soll dienen um mein Glück. Sie will es.«

Thekla runzelte die Stirn, ihre Augenbrauen zogen sich zusammen, und sie entgegnete leise, aber festen Tones: »Und was wollen Sie?«

Paul ergriff ungestüm ihre Hand. »Ich will mich bemühen«, rief er, »die Probezeit möglichst abzukürzen …«

»Sie fügen sich also«, sagte Thekla und schüttelte mißbilligend das Haupt.

»Ich füge mich, da ich die Zustimmung Ihrer Mutter nicht erzwingen und noch viel weniger – Ihnen entsagen kann … Helfen Sie mir«, flehte er leidenschaftlich, »helfen Sie mir, den hohen Preis, den ich im Sturme erringen wollte, nun wenigstens nicht zu verscherzen! ... Ich will alles lernen, sogar geduldig sein, wenn Sie mir liebevoll zur Seite stehen, ich will alles tun, um mich allmählich Ihrer wert zu zeigen, nicht nur zu zeigen, es zu werden, sosehr mir dies überhaupt möglich ist; denn ganz und völlig Ihrer wert ist kein Mann auf Erden – das weiß ich wohl.«

Er sprach abgebrochen, hastig, und Thekla trat einen Schritt zurück, erstaunt, erschrocken über den Sturm heißer Empfindungen, der in ihm zu kämpfen schien. Seine Blicke ruhten auf ihr, beschwörend: Sprich! Antworte mir! ... Aber Thekla verstand ihre glühende Sprache nicht, denn sie schwieg. Sie stand da, um einen Ton blässer als gewöhnlich, sie dachte: Das ist peinlich; und als sie die gesenkten Augen erhob, war es nicht zu ihm, der darauf harrte wie auf die Erlösung, sondern zu ihrer Mutter – war es ratlos und hilfesuchend ...

Marianne erhob sich, ging auf Sonnberg zu und legte beschwichtigend die Hand auf seinen Arm.

»Sie sind ein Kind, mein lieber Graf«, sagte sie, »trotz Ihrer dreißig Jahre, trotz ihres großen Verstandes.«

»Ich liebe zum ersten Male, das macht jung in meinem Alter; es macht aber auch weich, nachgiebig und gehorsam ... Ich kenne mich selbst nicht mehr – Sie haben ein Wunder getan, Thekla!« rief er und breitete die Arme aus. Einen Augenblick ruhte ihr Haupt an seiner Brust, im nächsten schon hatte sie sich losgemacht und war zu ihrer Mutter getreten, verwirrt, in großer Bestürzung.

»Thekla!« wiederholte Sonnberg.

Marianne beeilte sich, dem Vorwurf zu begegnen, der auf seinen Lippen schwebte: »Vergessen Sie nicht«, sprach sie, »daß Menschen nur unbewußt Wunder tun. Es beängstigt sie, wenn man ihnen dafür dankt«, setzte sie lächelnd hinzu.

In der Stadt ließ sich's niemand nehmen, daß Paul und Thekla verlobt seien, daß ihr Brautstand nur noch aus irgendeinem unbekannten Grunde nicht deklariert werde. In der Tat brachte Sonnberg täglich einige Stunden im Hause der Gräfin Neumark zu. Er fühlte bald, daß er Fortschritte machte in der Gunst Mariannens, und das beglückte ihn.

Thekla blieb sich immer gleich.

Vom Augenblick an, in welchem er in das Zimmer trat, war sie einzig und allein mit ihm beschäftigt, war freundlich und aufmerksam und widersprach ihm nie; sie gewöhnte sich sogar, Urteile zu wiederholen, die er gefällt hatte. Eine Zeitlang begnügte er sich mit diesem für ihn so schmeichelhaften Begegnen, nach und nach aber begann er hinter all dieser Rücksicht und Fügsamkeit große Kälte zu ahnen. Gräßlich durchblitzte ihn, glückvernichtend, ein Zweifel an Theklas Liebe. Sein ganzes Wesen empörte sich dagegen, und wie einen Gedanken an erlittene Schmach wies Paul ihn von sich.

Aber einige Bitterkeit blieb doch zurück, ein unwiderstehlicher Wunsch, die Geliebte zu reizen, zur Ungeduld zu bringen, den heiteren Gleichmut zu stören, der ihn anfangs entzückt hatte und der ihm jetzt ein Frevel schien an seinen eignen Gefühlen, an der Sehnsucht, die er um sie litt, an der schwer erkämpften Geduld, zu welcher er sich zwang, er, so gewöhnt an freudiges Entgegenkommen, der Mann des raschen Erfolges, der nie gelernt hatte, zu warten und zu werben, dem man niemals nein gesagt, er, Paul Sonnberg!

Als Thekla das nächstemal einer von ihm aufgestellten, sehr unhaltbaren Behauptung nicht widersprach, rief er herausfordernd und herb: »Das ist meine Meinung, sagen Sie jetzt die Ihre!« Sie erhob die großen Augen zu ihm voll bestürzter Verwunderung, senkte dann hocherrötend den Blick und schwieg. Jede Frage, die er noch an sie stellte, beantwortete sie kleinlaut mit ja oder nein, wohl auch – mit ja und nein. Paul blieb während der Dauer seines Besuches unruhig, bitter und ging endlich, von tausend widerstrebenden Empfindungen erfüllt und gequält.

Am folgenden Tage kam er früher als gewöhnlich und fand Thekla allein. Sie saß auf dem Platze ihrer Mutter in dem kleinen braunen Salon, ihre Arbeit im Schoße. Sie hatte sich aber weder mit dieser beschäftigt noch mit dem Buche, das aufgeschlagen neben ihr auf dem Tischchen lag. Sie saß unbeweglich da wie eine Statue, Ebenmaß in jeder Form, Schönheit in jeder Linie. Als Paul eintrat, erhob sie sich und ging ihm entgegen, lächelnd und freundlich wie immer, in ihrer anbetungswürdigen Herrlichkeit. Er hatte die Nacht in schwerem Kampfe durchwacht, seine Heftigkeit verwünscht und schmerzlich bereut. Er erwartete, Thekla verstimmt zu finden, gekränkt über sein gestriges kindisches Gebaren; er meinte sie versöhnen zu müssen, und er wollte es! … Statt dessen begrüßte sie ihn holdselig und unbefangen, als wäre ihr Einvernehmen nicht durch den leisesten Schatten getrübt worden. Sogleich stieg, mit unsäglicher Bitterkeit, die Frage in ihm auf: Hab ich nicht einmal die Macht, ihr weh zu tun? – doch bezwang er sich und sprach ruhig: »Thekla, ich war gestern widerwärtig, unerträglich – können Sie mir verzeihen?«

Sie wurde ein wenig rot, ein wenig verlegen und antwortete hastig wie jemand, der einer unangenehmen Erörterung auszuweichen sucht: »Ich bin ja gar nicht böse gewesen.«

»Verdanke ich diese Nachsicht Ihrer Barmherzigkeit oder Ihrer Gleichgültigkeit? Antworten Sie mir«, setzte er halb flehend, halb herausfordernd hinzu.

»Wie können Sie von Gleichgültigkeit reden«, erwiderte Thekla, »da Sie doch wissen ...« sie hielt inne.

»Ich weiß«, rief er, »daß Sie mir Ihr Jawort gaben, als ich Sie fragte, ob Sie meine Frau werden wollen. Jetzt frage ich Sie, Thekla: Lieben Sie mich? ... Sie haben mir Ihre Hand zugesagt, ist Ihr Herz mein? Fühlen Sie, daß kein Mann auf Erden Sie besitzen kann wie ich, das heißt, Sie besitzen mit allen Ihren Gedanken, Regungen und Empfindungen, mit Ihrem ganzen schrankenlosen Vertrauen? ... Ist mein Glück das Ziel Ihrer Wünsche, wie wahrlich das Ihre Ziel und Inbegriff der meinen ist ... lieben Sie mich?«

Er hatte die letzten Worte mühsam hervorgestoßen, sie kamen wie ein dumpfer Schrei aus seiner gepreßten Brust. Thekla hielt den Blick nicht aus, der schmerzlich und zornig auf ihr ruhte, bang wandte der ihre sich nach der Tür, durch welche sie hoffte ihre Mutter endlich eintreten zu sehen – niemals hatte sie ihre Mutter so sehnlich herbeigewünscht! ...

»Sie kommt«, sagte Paul, ihre stumme Bewegung beantwortend, »beruhigen Sie sich, sie wird gleich hier sein; ihre Anwesenheit wird mich aber nicht hindern, so zu Ihnen zu sprechen, wie ich es tue ... Weil ich muß, weil ich soll!« Er ergriff ihre Hand und drückte sie heftig, ohne zu denken, daß er ihr weh tat. Etwas Drohendes klang aus seiner Stimme, wogegen ihr Stolz sich empörte.

Sie zog mit Gewalt und Entrüstung ihre Hand aus der seinen und sagte: »Ich weiß nicht, was Sie wollen.«

»Ich werde es Ihnen sagen!« rief er ausbrechend. »Die Ehrenhaftigkeit des Weibes besteht darin, dem Manne, der um sie freit aus unaussprechlicher Liebe – nein zu antworten, wenn sie diese Liebe nicht erwidern kann ... Verstehen Sie mich jetzt? ... Wir würden unglücklich sein – beide –, wenn Sie mich nicht liebten. – Weisen Sie mich ab, Thekla, wenn Sie mich nicht lieben! ... Weisen Sie mich ab!«

Sie stand vor ihm mit trotzig aufgeworfenen Lippen, bleich und ruhig – noch immer ruhig ... Plötzlich aber zuckte es schmerzlich über ihr Gesicht, ihre Augen wurden feucht, und rasch bedeckte sie dieselben mit ihrer Hand. Ach, auf dieser edlen Hand brannten rote Flecken, die Spuren der schonungslosen Finger, die sie eben umklammert hatten; sie erhob sich wund und weh, um Tränen zu verbergen, die er fließen gemacht, der gequälte Quäler, dessen Herz sich bei diesem Anblick wandte und den tiefe Reue ergriff, nagende Scham ... Er fühlte seinen Zorn erlöschen, den letzten Groll verschwinden und seine Liebe steigen, steigen wie eine reine Flamme, sein ganzes Wesen erfüllen und läutern, er fühlte in ihren göttlichen Gluten alles schmelzen, was in ihm an Selbstsucht, Selbstbetrug und Eitelkeit gelebt hatte ... Er trat auf die Geliebte zu, legte den Arm um sie und küßte mit innigster Zärtlichkeit die Hand, die er ihr von den Augen zog.

»Sagen Sie noch ja?« fragte er leise.

Sie nickte schweigend und sah ihn an.

»Sie wissen, daß ich aus Liebe um Sie werbe, und sagen dennoch: ja?«

»Ich sage dennoch ja«, erwiderte sie mit ihrem bezauberndsten Lächeln.

»So gehörst du mir«, flüsterte er ihr zu, »so bin ich dein – und ich bin es ganz ... Gebiete! Herrsche!«

Er beugte sich über sie, sein Mund näherte sich dem ihren ... Sie schloß die Augen, sie hätte fliehen mögen – aber sie wagte es nicht ... Er könnte wieder zürnen, wieder sagen: Weisen Sie mich ab, wenn Sie mich nicht lieben! Ihre Lippen erbleichten, zitterten angstvoll unter der Berührung der seinen ... Da öffnete sich die Tür, und Marianne trat ein.

Von dem Tage an erschien Paul verändert; sehr zu seinem Vorteile, meinten die Gräfin und ihre Tochter. War es die Frucht männlich bestandener Kämpfe mit sich selbst, war der Frieden wirklich in seine Seele gekommen? Die Ungleichheit seiner Laune störte Theklas heitere Sorglosigkeit niemals wieder. Er vermied alles, was sie unangenehm berühren konnte, er forderte in ernsthaften Dingen kein Urteil mehr von ihr, fragte nicht mehr in hofmeisterndem Tone, ob sie dieses oder jenes Buch gelesen habe. Die Helden der Geschichte, die großen Dichter und Künstler, deren Geister er sonst mit einem Enthusiasmus zu zitieren pflegte, der zur Teilnahme aufforderte, ließ er jetzt ruhen. Er vermied alles Kritteln und Mäkeln, er gab sich ganz dem Zauber hin, den Theklas von Hoheit umstrahltes Wesen, den der Wohllaut ihrer Stimme auf ihn ausübten. Er begann Geschmack zu finden an dem heiteren, unbekümmerten Leben im Hause seiner zukünftigen Schwiegermutter und schwelgte in dem anmutigen Behagen, das vollendete Wohlerzogenheit um sich her zu verbreiten weiß.

Für die Entschiedenheit, womit Thekla traurige und unangenehme Eindrücke von sich wies, für ihre Scheu vor geistiger Anstrengung fand er tausend Entschuldigungen: Sie ist jung und nimmt das Leben leicht, sie ist glücklich und will es bleiben, sie fühlt unbewußt wie ein Kind, das sich gegen das Aufnehmen schwieriger Erkenntnisse sträubt, den tiefen Sinn der großen Wahrheit: nachdenken bricht das Herz!

Eines Tages fand er Thekla, ihn im großen Salon erwartend: »Ich bin Ihnen entgegengekommen«, sagte sie leise und lachend, »um Sie abzuhalten, bei Mama einzutreten. Mama hat Besuch, die alte Baronin Limberg, Sie wissen, die Wohltäterin. Ihr eigenes Hab und Gut hat sie bereits verschenkt und geht jetzt auf Plünderung ihrer Bekannten aus. Heute sammelt sie für die Armen im Erzgebirge, macht Ihnen Beschreibungen von dem Elende dort – man kann's nicht anhören. Gewiß, sie übertreibt.«

»Schwer möglich in dem Falle«, sagte Paul; er wollte noch etwas hinzusetzen, aber sie fiel ihm ins Wort: »Reden wir nicht davon, ich bitte Sie! Was nützt es denn? Man kann nicht alle armen Leute reich machen. Wir geben, soviel in unseren Kräften steht, und beruhigen uns damit. Sich grämen über das Elend heißt ja nur, es vermehren.«

Seltsam berührt wandte er sich ab … Es war wohl eigen! Dasselbe hat er einst gesagt – ihm schien, mit denselben Worten – zu seiner jungen Frau, die ihn an seinem Arbeitstische gestört mit einer Schilderung hungernder und frierender Not, der sie durchaus abhelfen wollte. Die junge Frau hatte ihm schweigend zugehört, ihm sanft die Hand auf die Schulter gelegt, ihm flehend, begütigend in die Augen gesehen und war endlich, rauh abgewiesen, hinweggegangen, betrübt und still … Arme Marie! …

Thekla ahnte nicht, daß in diesem Augenblicke, während er beistimmend sagte: »Ja, jawohl«, eine zarte Gestalt zwischen ihm und ihr dahinglitt, leise wie ein Traum, und ihr schönes Bild verdunkelte. Aber es war ja nur die Gestalt einer Toten, die er niemals geliebt, und in der nächsten Sekunde schon verweht, zerflossen vor der Lebendigen, die er liebte!

Diese begann sich ihrer Macht über ihn wohl bewußt zu werden und übte sie aus mit einer Koketterie, die immer in den Grenzen des strengsten Schönheits- und Schicklichkeitsgefühles blieb und deshalb um so berückender war. Jetzt wagte Thekla manchmal schon einen Widerspruch, erhob aber dabei stets einen Blick voll so liebenswürdiger Demut zu ihrem Bewerber, daß dieser wünschte, sie möge ihm öfter widersprechen, damit ihm ein solcher Blick öfter zuteil würde.

Die Zeit verging, wie sie dem Liebenden zu vergehen pflegt, entsetzlich langsam, furchtbar schnell ... Es kamen Tage, deren Ende Paul nicht erleben zu können meinte, andere, die wie Minuten verflogen – und als die Luft eines Morgens lau und lind durch das geöffnete Fenster drang und er, einen Blick auf die Kastanienbäume vor dem Hause werfend, ihre Knospen geschwellt, ihre Zweige mit jungem Grün bedeckt sah, da überraschte es ihn, daß der Winter vorüber und der Frühling gekommen war. Der Frühling seines wichtigsten Lebensjahres, welches auch das schönste werden sollte, das erste eines reichen Glückes, in dessen Sonnenschein sich alle spiegeln und erwärmen werden, die ihn lieben. Er gedachte seiner Eltern und des Kindes, das zwischen dem greisen Ehepaare aufwuchs, liebevoller, als er je getan. Innig wie nie fühlte er die Sorge für ihr Wohl in seinem Herzen Raum fassen. Sie sollen alle neu aufatmen, Frohsinn und Heiterkeit sollen einziehen in ihr stilles Haus, wenn er ihnen Thekla bringt, die Frau seiner Wahl, die ihn lieben lehrte, nicht sie allein lieben, auch die Seinen, auch die ganze Welt – und jenen so eigentlich erst den Sohn, seinem Kind den Vater, der Erde einen Menschen geschenkt.

Er wird an Theklas Seite ein anderer sein, als er in seiner ersten Ehe gewesen ist. Damals hatte er eine Pein kennengelernt, ärger fast als unglückliche Liebe: die Pein, eine Neigung einzuflößen, die man nicht erwidert und doch erwidern sollte. Es war seine Pflicht, er hatte es gelobt ... Schlimm genug, daß er sich dazu verleiten ließ! – Als Verwandte war Marie ihm wert gewesen, aber als seine Frau, da fand er gar vieles an ihr auszusetzen. Zuerst, daß er es fühlte: Sie leidet durch mich! Immer hatte man ihm gesagt, geborgen seien alle, die ihm angehörten, sein Dasein schon sei Glück und seine Nähe Segen. – Warum empfand sie es nicht? Was wollte sie denn? Kurz angebunden war seine Art; schonungslos gegen sich selbst, verstand er sich nicht auf zarte Rücksichten gegen eine empfindsame Frau. Verweichlicht schalt er sie, anspruchsvoll und wollte die leise Stimme in seinem Innern nicht hören, die ihm zuflüsterte, daß er ihr Unrecht tue ... Und wenn es wäre! er kann nicht anders: sie ist ihm ein Rätsel – und er, der alles begreift, was die Weisesten denken und die Edelsten empfinden ... sie begreift er nicht, er steht ratlos vor diesem Kinde. –

Bitterkeit bemächtigte sich seiner, er wurde hart und wandte sich grollend ab. – –

Wohl ihm, daß sie vorüber, diese schwüle Zeit! Wohl ihm, daß es ihr Widerspiel ist, dem er hoffnungstrunken entgegenlebt! In Theklas Armen werden ihn die Erinnerungen nicht aufsuchen, die jetzt oft schmerzlich und störend herübergleiten aus der Vergangenheit. In der hellen Atmosphäre ihrer Lebensfreudigkeit wird er vergessen, daß er einst ein Herz neben sich darben ließ ... Dieses Mal ist er der Dürstende und Verlangende! Thekla liebt ihn nicht, wie er sie liebt, wenn auch so sehr, als sie zu lieben fähig ist. Hatte sie ihn nicht gewählt aus freiem Entschlusse? Hatte nicht ihr erster Blick ihm gesagt: Du bist's – ihr Jawort es nicht bestätigt? Was wollte er mehr als den Besitz ihres ganzen schönen Selbst? Sie leidenschaftlicher wünschen hieße, sie anders wünschen, und so, ganz so wie sie war, bezauberte und entzückte sie ihn.

»Bleib wie du bist!« rief er laut mit überwallender Empfindung ... »Zärtlichkeit und Schwärmerei von dir verlangen hieße, Duft und Blüte des Rosenstrauches von der hochragenden Palme fordern und wärmendes Licht von den leuchtenden Sternen ...«

Das Geräusch der sich öffnenden Tür weckte ihn aus seinen Träumereien. Ein Diener meldete: »Herr Baron Kamnitzky«, und schnaubend vor Ungeduld trat ein kleines, schwächlich gebautes Männchen in das Zimmer und sprach: »Lauter neue Gesichter, lauter Leute, die mich nicht kennen ... daß sie nicht nach meinem Passe fragen, das ist alles. Ein nächstes Mal will ich mich damit versehen. Hätte nicht geglaubt, daß es so schwer sei, vorzukommen bei einem liberalen Abgeordneten.« Das Wort »liberal« betonte er ausnehmend giftig und wegwerfend.

»Nun, du bist da«, sagte Paul beschwichtigend, »und sehr willkommen.«

Er rückte einen Fauteuil zurecht, in dem der Freiherr brummend Platz nahm, nachdem sein im Zimmer umhersuchender Blick ihm die Überzeugung verschafft, daß auch nicht ein ordentlicher Sessel vorhanden sei, auf dem sich »ein altmodischer Landjunker, der gewohnt ist, zu sitzen und nicht zu lümmeln«, mit Annehmlichkeit niederlassen könnte.

»Wo ist dein Michel?« fragte er nach einer kleinen Pause in inquisitorischem Tone, fuhr aber sogleich fort, ohne die Antwort abzuwarten: »Nicht residenzfähig natürlich ... Hier braucht man ganz andere Leute, Gamaschen tragende geschniegelte Theaterbediente ...«

»Michel ist auf dem Lande, bei seiner Familie«, unterbrach ihn Paul. »Und nun erzähle! Wie sieht es aus bei uns daheim?«

Er hatte dem Gaste eine Zigarre angeboten, welche dieser mit einer Art Entrüstung ablehnte.

»Du rauchst nicht?« fragte Paul.

»Nur meine Zigarren, wie du wissen könntest«, antwortete Kamnitzky unwirsch, zog ein Etui hervor und aus diesem eine schwarze Zigarre von nichts weniger als einladendem Aussehen, die er mit heftiger Anstrengung seiner Atmungswerkzeuge in Brand setzte. Ihr zweifelhafter Duft schien anregend auf ihn zu wirken, er wurde redselig, sprach von den Geschäften, die ihn nach der Stadt geführt, vom Wetter, von den Ernteaussichten, er sprach von allerlei und doch – es war unschwer zu erraten – von dem nicht, was ihm am Herzen lag, was ihm auf den Lippen brannte, die sich nach jedem wie mit Gewalt ausgestoßenen Satze fest zusammen-preßten, um sich bald wieder zu öffnen und – etwas Gleichgültiges zu sagen. Dabei errötete er alle Augenblicke wie ein ängstliches Mädchen und empfand darüber den innigsten Verdruß.

Ach, daß er immer noch erröten konnte, das war für den alten Mann eine fortwährende Kränkung! Dieses unwillkürliche Zeichen kindischer Erregbarkeit stand mit seinen Jahren, mit seinem männlichen Wesen in einem lächerlichen Widerspruch. Und Wi-derspruch, Disharmonie war alles an dem seltsamen Menschen! Die Fülle der gelockten Haare, die der alte Herr lang trug, ließ den Kopf zu groß erscheinen für die schmalschulterige Gestalt, deren Dürftigkeit durch die eng anliegenden Kleider noch hervorgehoben wurde. Der frische und glatte Teint, der siegreich durch ein langes Leben allen Einflüssen der Hitze und der Kälte getrotzt, stand in auffallendem Gegensatz zu den schneeweißen Haaren des jugendli-chen Greises. Die kräftige Adlernase, der martialische Schnurr-und Knebelbart, die braunen Augen, die unter ihren etwas geschwol-lenen Lidern feurig hervorblitzten, dies alles paßte nicht zu dem weichen Munde mit seinem schmerzlich resignierten Ausdruck. Hände und Füße des Mannes waren klein und schmal, seine Bewe-gungen unruhig, hart, und deutlich sah man ihm das Bemühen an, seine Befangenheit hinter einem mühsam angenommenen ungebun-denen Wesen zu verbergen.

Paul wiederholte seine unbeantwortet gebliebene Frage, und Kamnitzky sprach, an der Zigarre beißend, die längst nicht mehr brannte: »Wie's deinen Eltern geht, meinst du? ... Nun, nun, wie es eben kann ... Briefe von dir – mehrere nämlich – müssen verlo-rengegangen sein.«

Er sagte das mit solcher Bitterkeit, daß Paul, dadurch ungeduldig gemacht, trocken antwortete: »Ich habe lange nicht geschrieben.«

Kamnitzky stieß einen Laut des Unwillens aus, seine dichten Augenbrauen zogen sich zusammen: »So«, sagte er; »freilich, freilich – die vielen Geschäfte, die vielen Reden über Menschenrechte, Freiheit, Bildung, Intelligenz! Wie fände man da Zeit, ein paar alte Leute zu beschwichtigen, die so töricht sind, in Sorge um einen zu vergehen ... Ad vocem Intelligenz! – die macht Fortschritte! Wir haben jetzt drei Schullehrer in der Gegend zum Ersatz für den einen, der im vorigen Jahre dort verhungerte! Nun denn! – also lange nicht geschrieben!« Er senkte den Kopf und murmelte unverständliche Worte in den Bart.

»Meine Eltern vergehen vor Sorge?« fragte Paul, »davon merkt man ihren Briefen nichts an. Mir schreiben sie, es ginge ihnen gut und auch dem Kinde ...«

»Dem Kinde? ... das war krank. – Man hat dir's verborgen. Aus Schonung ... Wie überflüssig – gelt? Die alten Leute verstehen eben die jungen nicht mehr. Sie wissen nicht, wie die gepanzert sind, inwendig, auswendig, durch und durch, mit einem trefflichen Harnisch: Gleichgültigkeit! ...«

Jeder Nerv in seinem Gesichte zuckte, er sprang auf, rannte ein paar Male im Zimmer auf und nieder und blieb plötzlich dicht vor Paul stehen. Beide Hände in den Taschen, den Oberkörper vor- und rückwärts wiegend, fuhr er in höchster Erregung fort: »Gleichgültig, eine schöne Sache – freilich, man könnt auch sagen: eine erbärmliche! Die Gleichgültigkeit setzt einen überall vor die Tür, sogar vor die des eigenen Hauses ... Besitz ich etwas, das mir gleichgültig ist? Haben kann ich's, besitzen nicht! ... Die Gleichgültigkeit ist blöd, grausam, frech! geht an der Schönheit vorbei ohne Begeisterung, am Elend ohne Mitleid, am Großen ohne Ehrfurcht, am Wunder ohne Andacht ...«

Paul legte seine Hand auf den Arm Kamnitzkys und sprach: »Gilt deine Strafpredigt mir? Ich bin nicht gleichgültig. Und war ich's je«, setzte er nach einer Pause hinzu – »so sagen wir denn: ich bin's nicht mehr.«

Eine wunderbar rasche Wandlung ging bei diesen Worten in dem alten Manne vor, wie durch einen Zauber schien der Sturm in seiner Seele beschworen. Weich, mit wehmütigem Vorwurf hob er an: »Wie lange warst du nicht mehr bei uns! – Seit deiner Rückkehr aus dem Feldzuge ...« Er schlug dreimal mit seiner kleinen Faust auf den Tisch: »Seit drei Jahren! drei Jahre sind's ...«

Der letzte Aufenthalt in Sonnberg stand Paul in bitterer Erinnerung. Die Trauer seiner Eltern, die ihm maßlos geschienen, weil er sie nicht teilte, die Zerfahrenheit im Hause, das schwächliche

Kind, wie abstoßend hatte das alles auf ihn gewirkt! Nur hineinge-
blickt hatte er in dieses freudlose Heimwesen und war hinwegge-
eilt. – Er konnte ja wiederkommen, später, in besserer Zeit. Aber
das Leben zog ihn in seine Wirbel, die Lust an öffentlicher Tätigkeit,
der Ehrgeiz, in großem Wirkungskreise Großes zu leisten, erfaßte
ihn. Manchmal mahnte es ihn wohl: Du solltest doch nachsehen,
wie es steht mit den alten Leuten ... Aber sie rufen ihn nicht, und
brauchen sie ihn denn? wozu auch? Er ist kein Weib, das sich über
Unabänderliches grämt, er kann ihnen nicht weinen helfen. Und
endlich – er wird sie schon besuchen, aufgeschoben ist nicht aufge-
hoben. So war eine lange Zeit vergangen seit seiner flüchtigen,
peinlichen letzten Einkehr im Vaterhause. Ihrer besann er sich jetzt
nur zu deutlich, indem er Kamnitzkys Worte wiederholte: »Drei
Jahre, ja – jawohl. Damals war es bei uns fürchterlich!«

»Damals war's gut, noch gut«, rief der Freiherr. »Es war kurz
nach dem Unglück ... ich spreche von dem Tode deiner Frau.
Unmittelbar nachdem man den Streich empfing, den das Schicksal
führte, weiß man nicht, wie tief er getroffen, wie viele Lebenswur-
zeln er uns durchschnitten hat ... das zeigt sich erst später.«

»Du meinst«, entgegnete Paul, »daß der Schmerz um einen erlittenen Verlust zunimmt, je mehr Zeit darüber hingeflossen ist? Ich,
lieber Alter, halte dafür, daß die Zeit alle Wunden heilt.«

»Im allgemeinen – könntest du wenigstens hinzusetzen«, fiel ihm
Kamnitzky ein. »Für einen Mann wie du gibt es freilich nur das
Allgemeine ... ein Mann wie du kümmert sich nicht um das einzelne Wesen, den besonderen Fall. Wenn man der Menschheit
angehört, dem Universum ...« Er klimperte hastig mit einem
Schlüsselbunde in seiner Tasche, seine Stimme, die sich während
der letzten Sätze gesenkt hatte, erhob sich wieder: »Wann ist es
kälter, he? eine Stunde oder mehrere Stunden nach Sonnenunter-
gang? ... Nun, Lieber, für deine alten Leute ist die Sonne unterge-
gangen hinter dem Hügel in der Friedhofecke, wo die Zitterpap-
peln ... Ja so – du weißt nicht – warst nicht einmal dort ... Nicht
einmal dort!« Er richtete sich kerzengerade auf, warf die Schultern
zurück wie ein Soldat in strammer Haltung und fuhr fort, mit af-
fektierter Nachlässigkeit den Blick, über Pauls Kopf hinweg, nach
dem Fenster gerichtet: »Und es ist doch freundlich dort, durchaus
freundlich: ein Gitter umschließt die Stelle, an den zierlichen Stäben
ranken sich Zwergrosen empor, ein Band aus Efeu bildet, flach und
breit, einen – weißt du, einen ...« Seine Hand zeichnete schwung-
volle Linien in die Luft: »Einen Kranz, so – verschlungen ... und
die Platte aus geschliffenem Granit spiegelt wie blankes Eis im

Sonnenschein. Eingemeißelt in den Stein steht ihr Name in großen Buchstaben, sonst nichts als nur das Datum, Geburts- und Todestag natürlich … darunter zwei Verse von ihrer Lieblingsdichterin, sonst gar nichts.«

Peinlich! peinlich! dachte Paul, werd ich den Schwätzer nicht los? – »Was für Verse?« fragte er obenhin, nur um etwas zu sagen.

»Ja, was für Verse? Als ob ich mir dergleichen merkte! Aber aufgeschrieben hab ich sie, wenn mir recht ist …«

Er suchte lange in seiner mit Rechnungen, Adressen und Zeitungsabschnitten bis zum Bersten gefüllten Brieftasche und zog endlich einen Papierstreifen hervor, den er Paul reichte.

Dieser las halblaut und langsam:

»Sehr jung war ich und sehr an Liebe reich,
Begeisterung der Hauch, von dem ich lebte.«

Kamnitzky bewegte die Lippen, als spräche er im stillen jede Silbe nach. »Ja, ja«, sagte er, »ganz richtig, das ist sie … Ach Gott, ist sie – gewesen! Na … Gott hab sie selig! Deine Eltern … sie haben freilich das Kind, ein Trost, eine Sorge …«

Paul schwieg. Er hatte den Ellbogen auf das Knie gestützt und die Stirn in seine Hand; die gesenkten Augen ruhten unverwandt auf den geschriebenen Zeilen, die er festhielt in der herabgesunkenen Rechten. Er regte sich nicht – was ging in ihm vor? Der Alte konnte sein Gesicht nicht sehen, doch verriet seine Haltung, sein beklommener Atem eine tiefe Erschütterung. Ratlos stand Kamnitzky vor ihm. Er hätte so gern etwas gesagt! etwas Gutes, Gescheites! aber die Zunge war ihm wie gelähmt. Was würde er gegeben haben für das rechte, das erlösende Wort!

Kamnitzky fand es nicht, und mit einer Gebärde der Verzweiflung griff er endlich nach seinem Hute: »Leb wohl also«, sagte er.

Wie aus dem Schlafe aufgeschreckt, fuhr Paul empor.

»Wann reisest du?«

»Morgen früh.« Der bewegte Klang von Pauls Stimme wirkte wohltuend auf seinen kriegerischen Freund. Er war noch zu rühren, der verlorene Sohn, der Abtrünnige! Man konnte ihn schon noch packen, nur bedurfte es dazu einer geschickten und kräftigen Hand. »Morgen früh. Wenn du einen Auftrag hast für deine alten Leute, ich besorge ihn … Was soll ich ihnen ausrichten? Im Laufe der nächsten Woche komme ich wohl einmal hinüber …«

Paul sah ihn spöttisch lächelnd an und sagte: »Im Laufe der nächsten Woche erst? – Geh mir! So lange wirst du nicht zögern, den Zweck deiner Reise zu erfüllen.«

»Zweck? was meinst du? Ich verstehe dich nicht.«

»Du verstehst mich recht gut.«

Verwirrt und fassungslos wie ein ertappter Verbrecher wandte sich Kamnitzky ab. Er war durchschaut. Sein prächtig angelegter Plan gescheitert! … Wie hatte er sich alles so schön eingerichtet! Den alten Nachbarn, deren Kümmernissen er ein Ende machen wollte, von den Geschäften erzählt, die ihn nach der Stadt riefen, versprochen, »bei dieser Gelegenheit – vorausgesetzt, daß ihm Zeit dazu übrigbliebe«, den Paul zu besuchen. »Aber ja nicht sagen, daß sein Schweigen uns Sorge macht!« – »Sorge macht es Ihnen? Ist das möglich? Nein! nein! kein Wort, das versteht sich …« In der Stadt war er mehrere Tage herumgezogen, die Pflastersteine zählen seine beste Unterhaltung, um nur mit gutem Gewissen sagen zu können: Ich bin schon lange da! um nur nicht merken zu lassen, daß er Eile habe, ihn zu sehen, den Renegaten. Und nun … Was sind Entwürfe? Was ist ein menschlicher Vorsatz? Das ganze Gewebe seiner Intrige lag kläglich nackt am Tage! So schlau angelegt, so diplomatisch ausgeführt – das heißt, wie man's nimmt: bei der Ausführung, da hat es gehapert … da hat ihm sein »verfluchtes Temperament« einen Streich gespielt …

Stumm grollend empfahl sich Kamnitzky. Von dem überraschten Hausherrn gefolgt, eilte er durch den Salon, das Vorzimmer in das Treppenhaus. Er nahm die Hand nicht, die Paul ihm beim Abschiede bot, drückte seinen Hut fest in die Stirn und eilte stolzen Schrittes die Treppe hinab.

An die Rampe gelehnt, blickte Paul ihm nach. Ein Diener, der den Besucher an das Haustor begleitet hatte, kam zurück. »Packe eine leichte Reisetasche«, befahl sein Herr, »ich fahre heute abend für einige Tage auf das Land.«

Im Laufe des Nachmittags begab Sonnberg sich zu Gräfin Marianne. »Sind Gäste da?« fragte er an der Tür des ersten Salons den voranschreitenden Kammerdiener. Dieser zog die Hand zurück, die er bereits auf die Klinke gelegt hatte, und in bedauerndem Tone, aus dem es trotz aller schuldigen Ehrfurcht deutlich klang: Dir ist's nicht recht, wir verstehen uns! sprach er: »Frau Gräfin Erlach, Durchlaucht Eberstein und der Herr Graf Neffe. Haben hier gespeist, werden wohl bald aufbrechen; der Wagen der Frau Gräfin Erlach ist schon vor einer halben Stunde gemeldet worden.«

Paul nickte dem Alten, für die Auskunft freundlich dankend, zu und trat ein. Die Portieren zwischen dem Saale, in dessen Mitte das Klavier stand, und dem kleinen Salon waren zurückgeschlagen. Marianne saß der Gräfin Erlach gegenüber am Kamine, Thekla etwas abseits frei und aufrecht, die Arme leicht gekreuzt. Der junge Graf Eberstein stand neben ihr, zupfte an seinem kleinen Schnurrbart, spielte mit der Uhrkette, warf von Zeit zu Zeit einen Blick in den Spiegel und senkte dann mit bescheidener Zufriedenheit die Augen. Der Fürst hatte seinen Sessel in die Nähe des Fauteuils gerückt, in dem Gräfin Erlach ruhte, und stützte den Arm auf die Lehne desselben. Die lächelnden Gesichter aller Anwesenden verrieten, daß die ausgezeichnete Unterhaltungsgabe, die man der jungen Dame nachrühmte, sich eben wieder bewährte.

Paul nahm an ihrer Seite Platz, nachdem er die Damen des Hauses begrüßt hatte, und sagte in jenem leichten Tone, den sich Männer so gern gegen Frauen erlauben, deren Ehrgeiz darin besteht, »amüsant« gefunden zu werden: »Bravo, Gräfin, bravo – ein vortrefflicher Einfall!«

»Was denn?«

»Was Sie eben sagten.«

»Sie haben ja nichts davon gehört.«

»Was tut's? Ich kann dennoch bei dem – wenigen, was Ihnen heilig ist, schwören: es war vortrefflich!«

Klemens lachte schallend und sah dabei Thekla mit Blicken an, die deutlich sagten: Lachen Sie doch auch! Ach, dem Fürsten war Thekla zu kühl, Paul zu geduldig, er fand es längst an der Zeit, der Brautwerbung ein Ende zu machen, er konnte nicht oft genug wiederholen: die jungen Leute hätten sattsam Gelegenheit gehabt, einander kennenzulernen. Worauf wartete man noch, um Gottes willen? Wodurch sollte Sonnberg noch beweisen, daß er Theklas würdig sei? Ein Mann, wie man ihn weit suchen könne, charaktervoll, edel, verläßlich ... Klemens wurde so maßlos in dem Lobe seines Schützlings, daß Marianne ihm einmal sagte: »Wenn es ein Mittel gibt, einem Sonnberg zu verleiden, dann sind Sie im Besitze desselben, mein armer Freund ...«

Die Gräfin Erlach beantwortete Pauls Kompliment mit einem spöttischen Lächeln. Sie schien immer spöttisch zu lächeln, sogar wenn sich ihr Gesicht in vollkommener Ruhe befand. Dann ging sie zu einem andern Thema über und sagte zu Marianne: »Tonchette kommt morgen aus Paris zurück.«

»Haben Sie große Bestellungen bei ihr gemacht?«

»Große nein – nur ein paar Toiletten, das Notwendigste.«

»Was man ins Haus braucht, um seinen Mann zu bezaubern«, bemerkte Klemens, und Paul fiel ein: »Das heißt, um ihn in der Bezauberung zu erhalten, denn bezaubert ist er ja längst.«

»Schreibt der Graf noch immer?« fragte Alfred schüchtern und zugleich dreist wie ein kaum flügge gewordenes Spätzchen, das, kämpfend zwischen anerzogener Bescheidenheit und angeborener Keckheit, nicht ohne Zögern sein Stimmlein im Kreise älterer Gefährten erhebt, »schreibt er noch immer so viele Gedichte an Sie, Gräfin?«

»An mich? was fällt Ihnen ein? – Ich weiß nichts davon.«

»Wer das glaubte!« sprach Marianne mit einem Anflug von Sarkasmus. »Ihr Mann macht Ihnen gewiß kein Geheimnis aus den poetischen Huldigungen, die er Ihnen darbringt.«

»Doch!« entgegnete die Gräfin, »wenn auch sehr unwillkürlich. Er besteht nämlich darauf, mir das alles vorzulesen; und ich, sehen Sie, ich kann nicht zuhören, wenn mir jemand vorliest, ich kann nicht. Meine Gedanken fliegen davon, sobald die Lektüre beginnt, und stellen sich um keinen Preis wieder ein, bevor sie beendet ist. Dann natürlich sage ich auf gut Glück: ›Charmant, charmant, sehr schön geschrieben – besonders das letzte!‹«

Man lachte, auch Paul nahm teil an der allgemeinen Heiterkeit, etwas gezwungen allerdings; und er wandte sich plötzlich mit den Worten an Gräfin Erlach: »Eigentlich muß ich Ihnen aber sagen, daß die schriftstellerischen Versuche Ihres Mannes aller Aufmerksamkeit wert sind und die Ihre erwecken sollten.«

Die Gräfin sah ihn an mit jenem unbeschreiblichen Erstaunen, das Leute ergreift, die ihr ganzes Leben hindurch nur gespielt haben und entschlossen sind, bis an ihr Ende weiterzuspielen, wenn ihnen plötzlich zugemutet wird, irgendeiner ernsthaften Sache Interesse zu schenken. Jetzt lächelte nicht mehr ihr Mund allein, ihr ganzes nicht regelmäßig schönes, aber äußerst anziehendes Gesicht und ihre großen schalkhaften Augen lächelten mitleidig, spöttisch, übermütig, lächelten auf jede Art. Sie warf den Rest ihrer Zigarette in den Kamin, begann sorgfältig und mit Bedacht ihre Handschuhe anzuziehen und sprach in ihrer langsamen und nachlässigen Weise: »Fremde haben leicht reden.« Sie glättete die Falten ihrer Handschuhe und setzte nach einer Pause hinzu: »Mein Mann ist sehr leicht auswendig zu wissen, und ich weiß ihn auswendig – seit vier Jahren! Trotzdem sagt er sich mir täglich auf, in Versen und in Prosa. Das befriedigt zuletzt auch die brennendste Neugier.«

Die Gräfin erhob sich, und die Damen riefen bedauernd wie aus einem Munde: »Sie wollen schon fort?«

»Es ist höchste Zeit, ich muß meine Schwiegermutter abholen in die Oper ...« Sie versenkte sich in die Betrachtung ihres Fächers, warf einen langen Blick in den Spiegel: »Meine Schwiegermutter behauptet, eine Oper ohne Ouvertüre sei wie ein Mittagsessen ohne Suppe ... und meine Schwiegermutter hält etwas auf Suppe wie alle alten Leute.«

Der Fürst blinzelte nach der Uhr, die eben acht schlug, gab seinem Neffen einen Wink und sprach: »Alfred wird die Ehre haben, Sie an Ihren Wagen zu bringen.«

Alfred verneigte sich. Sie wollen mich weg haben, dachte er und murmelte etwas von »besonderem Vergnügen«.

Als die beiden sich entfernt hatten, sagte Thekla zu Sonnberg mit einer ihr ungewohnten Lebhaftigkeit: »Wie schade, daß Sie nicht früher kamen! Sie hätten sich unterhalten. Julie war heute so gut aufgelegt, so witzig!«

»Witzig nennen Sie das?« entgegnete Paul. »Es ist schale Spaß-macherei; und auf wessen Kosten spaßt die Gräfin? – sie macht ihren Mann lächerlich.«

»Oh, das besorgt er wohl selbst.«

»Wodurch?«

»– Und wenn sie es tut, geschieht es aus Notwehr ...«

»Wodurch?« wiederholte er – »wodurch?« Sein Gesicht färbte sich dunkler, die Adern an seinen Schläfen schwollen an: »Lieben – geliebt werden – macht das lächerlich?«

Thekla sah mit Erstaunen, daß er zürnte. Was hat er denn? Was liegt ihm an dem armen kleinen Erlach? ... er versetzt sich doch nicht an seine Stelle, vergleicht sich doch nicht mit dem? ... Eine solche Möglichkeit darf von Thekla nicht angenommen werden – oh – nicht einmal geahnt! Mit etwas unsicherer Stimme und mit der unschuldig altklugen Miene eines Kindes, das fremde Weisheit von seinen Lippen strömen läßt, sprach die junge Gräfin: »Ach nein, Liebe zu empfinden ist nicht lächerlich, aber es zur Schau tragen, das ist's!«

»Wer sagt Ihnen, daß Erlach seine Liebe absichtlich zur Schau trägt? Vielleicht fehlt ihm nur die Kraft, sie zu verbergen, wie er's sollte, dieser Frau gegenüber. Verspotten Sie ihn nicht – bedauern Sie ihn.«

»Ach!« rief Thekla, »ich bedauere niemand, der Gedichte macht.«

»So?« Paul schwieg eine Weile, dann fragte er plötzlich: »Was ist's mit den Gedichten, die ich Ihnen neulich brachte? Haben Sie darin gelesen?«

»Ja«, antwortete sie zögernd.

»Und was sagen Sie dazu? Ich habe das Buch jahrelang besessen und es nicht zu würdigen verstanden. Vor wenig Tagen kam es mir zufällig in die Hand, und mir war, als hätte ich einen Schatz entdeckt. Es ist herrlich ... finden Sie nicht?«

»Herrlich – ja, zu herrlich für mich.«

»Was heißt das?«

»Es heißt ...«

»Nun? Vollenden Sie doch!«

Thekla warf den Kopf zurück: »Ich bin überhaupt keine Freundin von Gedichten«, sagte sie.

Er zuckte die Achseln. »Sache des Geschmacks!«

»Jawohl!«

»Und es gibt guten und schlechten.« Paul war wieder in den herben Ton verfallen, den er ihr gegenüber nie mehr anschlagen wollte.

Dieser kleine Wortwechsel berührte den Fürsten Klemens sehr unangenehm. Er rückte auf seinem Stuhle hin und her, räusperte sich mißbilligend und warf der Gräfin einen bedauernden Blick nach dem andern zu. Plötzlich rief er aus, in der Weise eines nachsichtigen Vaters, der streitende Kinder zu beschwichtigen sucht: »Jedes von euch hat recht – gewissermaßen jedes!

Oh«, wandte er sich ernsthaft zu Marianne, »das kann leicht sein; es trifft sich wohl – – ja, wenn man die bezüglichen Standpunkte ins Auge faßt, trifft sich's eigentlich immer. Was meinen Sie?« Er wartete die Antwort nicht ab, sondern erhob sich: »Aber wir müssen ja fort ... Auch Sie haben bereits die Ouvertüre versäumt, was freilich nicht für ein Unglück gilt im Burgtheater ... Es ist doch heut Ihr Logentag?«

»Nicht der unsere, der unserer Kammerjungfern, denn man gibt ein Trauerspiel. Wir bleiben zu Hause und wollten Sie beide«, Marianne nickte Paul freundlich zu, »bitten, uns Gesellschaft zu leisten.«

»Wir sind bereit! Oh, mit Vergnügen!« rief der Fürst und ließ sich sofort in einen bequemen Fauteuil nieder, der zwischen dem Kamin und dem Arbeitstischchen der Gräfin stand. Sie nahm ihre Tapisserie zur Hand, über welche Klemens viel Schmeichelhaftes zu sagen wußte. Er fand die Zeichnung »wirklich, man muß gestehen! geschmackvoll, und erst die Farben!« – er hatte niemals zwei Farben gesehen, die so gut harmonierten – nicht einmal auf einem englischen Plaid – wie dieses Blau und dieses Grün ... Mit hausfreundlichem Behagen und mit dem Interesse für den Inhalt von Nähtischen und Arbeitskörben, das beinahe alle Männer auszeichnet, die Talent zur Weichlichkeit besitzen, begann er das zierliche Necessaire aus Elfenbein zu öffnen und zu schließen, die goldenen Scherchen und Büchschen ein- und auszuräumen; er zog die bunten Seidensträhnchen, die sich die Gräfin zurechtgelegt hatte, durch seine Finger und spielte so lange mit den kleinen Knäueln und Spulen, bis Marianne endlich ungeduldig ausrief: »Ich beschwöre Sie, Klemens, lassen Sie mein Handwerkszeug in Ruhe.«

Er gehorchte resigniert, als ein ritterlicher Mann, der gewöhnt ist, in strenger Zucht gehalten zu werden und gleich wieder den kurzen Zügel zu fühlen, sobald er sich ein wenig gehen lassen möchte. Seine Aufmerksamkeit wandte sich dem »anonymen Brautpaare« zu, wie er Paul und Thekla nannte. Die jungen Leute hatten sich in den Saal begeben.

Thekla nahm Platz am Klavier: die ersten Takte einer Bertinischen Etüde erklangen unter ihren Fingern. Sie spielte rein, nett, mit bewunderungswürdiger Geläufigkeit. Goldene Lichter schimmerten auf den reichen Flechten ihrer blonden, natürlich gewellten Haare; ihr Gesicht nahm einen gehaltenen, aufmerksamen Ausdruck an, jenen Ausdruck, den Paul nicht sehen konnte in ihren Zügen, ohne mit innigstem Entzücken zu denken: Du bist mehr, als du selber weißt, mehr als du scheinst; mehr als die Flachheit des Lebens, das du führest, ahnen läßt.

Er stand ihr gegenüber, legte die verschränkten Arme auf das Klavier, beugte sich vor und versank in die Wonne ihres Anblicks.

O Schönheit! Herzbezwingerin! Herrin, Königin! – Du bist der Frieden, wer kann dir grollen? Du bist der Sieg – wer kann dir widerstehen? Nur kurzsichtige Torheit frägt, ob in der schönen Hülle eine schöne Seele wohne. Die Hülle ist nur darum schön, weil die Seele sie schön belebt. Eins sind Form und Wesen; sie sind es im Kunstwerk, das hervorging aus Menschenhand, und wären es nicht im höchsten Kunstwerke der Schöpfung? ...

Unverwandt ruhten seine Augen auf ihrem edlen Angesichte; sie erhob die ihren zu ihm und sah ihn forschend und etwas besorgt an.

»Sie hören nicht zu – mißfällt Ihnen, was ich spiele ... oder hätte ich überhaupt nicht spielen sollen? Ich weiß, Sie lieben Musik nicht immer.«

Sie schloß ihr Notenheft und schob es unter das Pult, das sie langsam niedergleiten ließ. Die kleine Scheidewand, die sie getrennt hatte, senkte sich.

»Thekla«, sprach Sonnberg, »mir gefällt alles, ich liebe alles, was Sie tun. Wissen Sie das noch nicht?«

Heller Freudenglanz breitete sich bei diesen Worten über ihr Gesicht, und sie entgegnete schalkhaft, übermütig: »Gefällt Ihnen auch alles, was ich sage?«

Paul gab keine Antwort; er blickte schweigend vor sich hin und sagte endlich: »Ich nehme heute für einige Tage Abschied von Ihnen, Gräfin Thekla.«

»Sie wollen fort?« fragte sie äußerst erstaunt – »und wohin?«

»Auf das Land, zu meinen Eltern.«

»Werden Sie erwartet? Haben Sie zu kommen versprochen?«

»Nein. Ich will sie überraschen.«

»Ah – Sie stehen mit Ihren Eltern auf dem Fuße der Überraschungen ... So ist das!«

Sie schlug einige Töne auf dem Klavier an, leise, ohne Zusammenhang. »So ist das –« wiederholte sie gedehnt. »Ihre Eltern können wohl nicht leben ohne Sie?«

»Daß sie es können, beweisen sie, denn – sie leben.«

»Dann also!« – Sie sah ihn plötzlich an; eine Wolke voll drohenden Ernstes war auf seiner Stirn aufgestiegen; ein Zug bitteren Schmerzes spielte um seine fest zusammengepreßten Lippen, ein Schmerz, dem Zorne gar nah verwandt und gewiß bereit, sich als solcher zu äußern ... Thekla ahnte, wußte es, und dennoch! Zum ersten Male war es nicht Furcht, was sich in ihr regte, als sie in sein verfinstertes Gesicht blickte, sondern die halb unbewußt erwachende echt weibliche Lust an einem Kampfe, in dem alle Mittel gelten, an dem Kampfe mit dem Stärkeren – dem Manne.

Ei, dachte sie – du willst mich strafen, willst mir zeigen, daß du unabhängig bist und mich verlassen kannst, wann es dir gefällt? ...

Sie verschränkte ihre Arme über dem Pulte, beugte sich vor und drückte ihre Wange auf ihre Hand, während ihr Auge sich zu ihm erhob, der sie liebte.

»Bleiben Sie bei uns«, sprach sie, hielt inne, schien zu überlegen und fügte endlich leise wie ein Hauch, aber mit holder Entschlossenheit hinzu: »Bei mir!«

Sein Blick glitt über ihr demütig gesenktes Haupt, über den jungen schlanken Nacken, die königlichen Schultern, über die ganze vor ihn hingegossene Gestalt, und alle süßen Schauer bewunderungstrunkener Liebe durchzitterten ihn. Sein Herz pochte wie ein Hammer in seiner Brust, er richtete sich auf ... Ein ungeübter Trinker, dem der Wein zu Kopfe steigt, der mit Entsetzen seine Herrschaft über sich selbst schwinden fühlt, ruft sich nicht eindringlicher zu: Nimm dich zusammen, wägt seine Worte nicht sorgfältiger, als Paul es tat und als er sprach: »Ich bin heute hart gemahnt worden an eine versäumte Pflicht.«

Hart gemahnt? dachte Thekla – das wagt jemand, das lässest du dir gefallen, und ich lebe in Angst vor dir? – »Sind denn Ihre Eltern so anspruchsvoll?« fragte sie rasch. Auch sie hatte sich aufgerichtet und sah ihm gerade ins Gesicht.

»Das sind sie wirklich nicht!« rief er, »sie sind nur sehr bedauernswerte, alte, einsame Leute. – Haben Sie schon einmal darüber nachgedacht, daß Sie die Tochter dieser alten Leute werden sollen, liebe – liebe Thekla?« fragte er und reichte ihr über das Pult hinweg die Hand, in welche sie ohne Besinnen die ihre legte.

»Gewiß«, sprach sie, »ganz gewiß.«

Paul begann das Leben zu schildern, das seine Eltern auf dem Lande führten; er schilderte sie selbst mit Wärme und Lebhaftigkeit; er sprach alles aus, was er den Tag hindurch gedacht, und solange er lebte, hatte er wohl nie so innige, herzliche und milde Gedanken gehabt.

»Ich will meinen Eltern von Ihnen sprechen«, schloß er bewegt. »Sie ist es, die mich zu euch schickt, will ich sagen, die mich drängte, euch endlich in eurer Verlassenheit aufzusuchen. Sie werden dafür geliebt und gesegnet werden, Thekla, und wie wird mich das beglücken!«

Während er sprach, hatte ihre Hand wie tot in der seinen gelegen. Als er nun schwieg, entzog sie ihm dieselbe, spielte mit ihrem Taschentuche, legte es ganz klein zusammen, glättete es auf ihrem Knie, und dieweil er dachte: Oh, nur jetzt den Anklang einer weichen Empfindung!« nur einen einzigen leisen Herzenslaut! sagte sie: »Ihre Eltern haben sich so lange ohne Sie beholfen, sie werden es noch länger tun … Schreiben Sie ihnen, entschuldigen Sie sich – versprechen Sie ihnen zu kommen.«

Paul atmete tief auf: »Sie haben mich mißverstanden. Ich brauche mich nicht zu entschuldigen, brauche nichts zu versprechen; meine Eltern denken nicht daran, meine Rückkehr zu fordern. Ich selbst wünsche sie wiederzusehen – ich selbst sehne mich …« Er brach ab und fragte plötzlich: »Begreifen Sie das nicht?«

»Nein! Ich begreife nichts, als daß Sie jetzt nicht abreisen dürfen … Abreisen – welch ein Einfall! Was treibt Sie denn fort?«

»Ich meinte es Ihnen auseinandergesetzt zu haben … Mein Gott, wozu rede ich!«

»Und – ich?« fragte sie mit einem langen vorwurfsvollen Blick …

Thekla legte die Verwirrung, die sich in Sonnbergs Zügen malte, zu ihren Gunsten aus. Gibt er schon nach, oder ist es ihm gar nicht ernst gewesen mit seinem Reiseplan? Er will vielleicht nur gebeten werden, ihn aufzugeben, und wäre sehr enttäuscht, wenn Thekla keinen Widerstand leistete. Und zum Widerstand ist sie ja entschlossen! ... Es ist freilich ein wenig mühsam, das alles, und der gute Graf etwas schwerlebig. Aber seine Seltsamkeiten werden sich geben, »wenn ihr nur erst verheiratet seid«, meint Mama. Nun denn! Gräfin Sonnberg wird man eben nicht so leicht, wie man etwa – Gräfin Eberstein würde.

Thekla begann eine lebhafte Beredsamkeit zu entfalten. Sie führte ihr ganzes weibliches Rüstzeug von liebenswürdigem Trotz, von anmutiger Würde und wehmütigem Scherze in das Treffen; sie war geistreich und reizend und drohte schließlich auf das unwiderstehlichste mit ihrem Zorne. Paul hörte sie an, aufmerksam, gespannt; er sah ihr in die Augen, auf die lieblich gekräuselten Lippen; er schien auf etwas zu warten, auf etwas, das nicht kam, und seine Miene wurde immer kälter, immer strenger. Warum? warum dieses steinerne Lächeln, dieser mißbilligende Blick? Worin verfehlte es die kluge Rednerin? Was wollte er eigentlich hören, was verlangte er von ihr? Sie erriet es nicht, noch immer nicht! – Und jetzt war sie zu Ende, jetzt wußte sie nichts mehr.

Er aber schien sich grausam an ihrer Ratlosigkeit zu weiden und sagte, sie scharf fixierend: »Nehmen Sie sich in acht! Sie machen mich übermütig. Ich muß glauben, daß Sie den Gedanken nicht mehr ertragen können, acht Tage lang von mir getrennt zu sein. Welche Schwäche, Gräfin, welche Sentimentalität!«

Beim Himmel! Wenn er jemals gewünscht hatte, sie zu erzürnen, jetzt ward ihm der Wunsch erfüllt! Ihre Wangen flammten, sie erhob sich, eine beleidigte Göttin, und sprach in feuersprühender Entrüstung: »Reisen Sie!«

Klemens hatte nicht aufgehört, die jungen Leute zu beobachten und von Minute zu Minute der Gräfin zu berichten: »Er hört ihr mit Entzücken zu – wie sie aber auch spielt! Glockenrein, und immer im Takt, das muß man sagen, diese Thekla ... Jetzt hält sie inne – spricht ... und er, er brennt! er brennt! Er gäbe Funken, glaube ich, wenn man ihn anrühren würde, wie eine Elektrisiermaschine ...«

Der Fürst faltete seine großen weichen Hände, sah die Gräfin an wie ein Andächtiger ein Madonnenbild und fragte: »Wenn diese beiden armen Kinder jetzt vor Sie hinträten und sprächen: Gib uns deinen Segen! – was würden Sie tun?«

»Ich würde ihn unbedenklich geben«, entgegnete Marianne.

»O Himmel! ... O herrliche Frau!« rief der Fürst und hätte sich bei einem Haar auf seine Knie niedergelassen. Da schlug Theklas laut gesprochenes: »Reisen Sie!« an sein Ohr, und mit Schrecken sah Klemens das Paar, mit dem er es so gut meinte, nun erscheinen – ach, in nichts weniger als glückseliger Eintracht! Da kamen sie, die Gottbegnadeten, die Schicksalsgeliebten, die füreinander Geschaffenen, beide in großer Erregung, die Köpfe hoch, mit finsteren Stirnen, eines den Blick des anderen vermeidend, und: »Was gibt es denn?« fragte Klemens in scherzendem Tone, eigentlich aber sehr beunruhigt.

»Der Graf verläßt uns; wünschen Sie ihm eine glückliche Reise!« erwiderte Thekla halb abgewandt und machte sich an dem Tische zu tun, auf welchem der Kammerdiener soeben das Teezeug ordnete.

»Verläßt uns?« Klemens konnte das nicht glauben, auch dann noch nicht, als Paul es bestätigte. »Papa und Mama besuchen? Lächerlich!« Der Fürst war im Begriffe, so boshaft zu werden, als er nur konnte; aber Marianne fiel ihm ins Wort.

Sie sah ihren zukünftigen Schwiegersohn freundlich an und sagte: »Sie haben recht! Gehen Sie. Wir werden Sie zwar schwer vermissen, aber wir sagen doch: Sie haben recht, Ihre guten Eltern nicht zu vergessen. Ich kann mir denken, wie die alten Leute von der Hoffnung auf ein solches Wiedersehen leben und von der Erinnerung daran zehren monatelang. Sehen Sie sich während Ihres Aufenthaltes im Vaterhause auch das Persönchen gut an, von dem wir schon einmal sprachen und das ich liebe, ohne es zu kennen. Wenn Sie, wie ich hoffe, bald zu uns zurückkehren, dann werden Sie mir erzählen, ob das kleine Ding eine Individualität besitzt oder nicht!« Sie drohte lächelnd mit dem Finger: »Sie werden es mir ehrlich erzählen. – Ich wiederhole: es tut uns sehr leid, daß Sie uns verlassen, aber wir billigen es von ganzem Herzen. Nicht wahr, Thekla?«

Paul ergriff die Hand Mariannens und drückte einen ehrfurchtsvollen Kuß darauf, der so auffallend lang dauerte, daß Klemens nicht umhin konnte, ein halb verlegenes, halb aggressives Räuspern vernehmen zu lassen und zu denken: Nun – was heißt denn das?

Der Rest des Abends verfloß scheinbar auf das angenehmste. Paul wurde heiter und gesprächig. Thekla, anfangs zurückhaltend, stimmte in den fröhlichen Ton ein, den er angeschlagen hatte; sie lachte so gern! und war trotz ihres majestätischen Wesens, dem man viel mehr Neigung zum Ernste als zur Lustigkeit zugetraut hätte, immer aufgelegt, einen guten Einfall zu würdigen, auf einen

Scherz einzugehen. Die beiden Herren empfahlen sich zugleich; der Fürst wollte Paul noch bis zu dessen Wohnung begleiten. Er hatte gar viel gegen ihn auf dem Herzen.

»Hör einmal!« rief er in heller Mißbilligung, als sie auf der Straße angelangt waren. »Ich begreife dich nicht! Ein solcher Zauderer! … Wenn schon abgereist werden muß, warum nicht die Gelegenheit benützen und sagen: Sie kennen mich jetzt – mein Herz – meinen Charakter – und so weiter! Darf ich meinen Eltern die Nachricht bringen … et cetera? Die Gräfin hätte ihre Zustimmung gegeben; alle Not eines provisorischen Brautstandes wäre zu Ende, und ihr wäret im reinen.«

»Wir sind im reinen; es ist alles ausgemacht: wir heiraten uns«, sagte Paul. Die Gasflamme, an der sie vorüberkamen, beleuchtete sein Gesicht, das dem Fürsten ungewöhnlich bleich und von einem wilden Ausdruck beseelt erschien. »Wir heiraten uns«, wiederholte er, »weil sie Gräfin Sonnberg werden will und weil ich verliebt in sie bin … ja, verliebt. – Obwohl sie eine Statue ist, diese schöne Thekla.«

Er hörte nicht einmal die Einwendungen, die Klemens machte, und begann plötzlich mitten in dessen Rede: »Die Torheit hat einmal behauptet, daß Liebe blind sei, und die Gedankenlosigkeit hat es nachgeplappert. Es ist nicht wahr. Liebe hat ein scharfes Auge für den kleinsten Fehler des Geliebten, aber auch das größte Verbrechen würde sie nicht beirren. Sie nimmt es auf mit jedem Feinde, ja es lockt sie, sich zu bewähren, der Hölle zum Trotz! ›Ich sehe dich, wie du bist‹, spricht sie zu ihrem Gegenstande. ›Ich weiß, ich habe zu bestehen keinen Grund, kein Recht; es ist eine Tollheit, daß ich bestehe – aber ich bestehe doch! Ich leide, ich blute, ich verzweifle, aber ich bestehe doch!‹«

»Nun, nun«, sagte Klemens, »es wird so arg nicht sein … Was Statue! – die Mutter ist auch ein wenig Statue, nicht so sehr allerdings, aber ein bißchen doch auch. Mein lieber Sohn, das sind die besten Weiber! Und dann: die Ehe ist für den Mann das Grab, für die Frau die Wiege der Leidenschaft. Übers Jahr vielleicht klagen unsere Frauen über unsere Kälte, oder es hat sich bis dahin das schönste Gleichgewicht hergestellt.«

Der Fürst gab seinen Betrachtungen diesen notdürftigen Schluß, da sie am Haustore Pauls angelangt waren und es zu scheiden galt. Sonnberg eilte, sich reisefertig zu machen, und Klemens schlug wie allabendlich den Weg nach dem Klub ein.

In den Abendstunden des zweitfolgenden Tages bewegte sich auf schlechten Wegen ein elender Postkarren, mit mageren, hochbeinigen Mähren bespannt, langsam weiter durch die unwirtbarste Gegend des nordwestlichen Böhmens. Ein öder Winkel in dem schönen Lande! – Rauh wehte der niemals rastende Sturm über den schweren Lehmboden, in dem weder Bäume noch Feldfrüchte recht gedeihen, ein Boden, der emsige Pflege brauchen würde und dem seine spärliche Bevölkerung nur die notdürftigste zuteil werden läßt. Ganze Strecken wie übersät mit Kieseln, Quarzen, Eisensteinen, zwischen denen strauchhohe Disteln ihr ephemeres, aber üppiges Dasein führen. Der Grund durchfurcht von breiten Wasserrissen, von Jahr zu Jahr tiefer ausgeschwemmt durch getaute Schneemassen, die im Frühling als Wildströme von den Höhen herabstürzten. Kümmerliche Kiefernbestände, auf der Ebene und auf den Abhängen zerstreut, Bäume, dreißig Jahre alt und nicht dicker als der Arm eines Mannes, verkrümmt, fahl, vom Markkäfer zernagt – keine Wiese, soweit das Auge reicht, kein freundliches Bächlein, das seine Umgebung erfrischte. Die Ortschaften, durch welche die Straße führt, gleichen eine der andern aufs Haar. Ihre kleinen, aus Tonschiefer erbauten und mit Stroh gedeckten Häuser drängen sich aneinander, als bedürften sie, um nicht umzukippen, der gegenseitigen Stütze. In der Mitte dieser Ansiedlungen liegt der Teich, von knorrigen Weiden mit gekappten Zweigen umgeben, die sich, so gut es geht, in seinem nur selten klaren Gewässer spiegeln. Ob trüb oder hell jedoch, er ist das Juwel des Dorfes, der Vergnügungsplatz der bäuerlichen Jugend und des schwimmkundigen Federviehs.

Der Reisende in der Postkarrete blies ruhig die Wolken seiner Zigarre von sich und tauschte von Zeit zu Zeit ein Wort mit dem Kutscher, der über die grundlosen Wege fluchte und auf seine müden Gäule einhieb. Das Gefährt war jetzt an der letzten Anhöhe angelangt, die es noch zu überwinden galt. Beide Männer sprangen vom Wagen, und während der Postillon neben seinen Pferden herschritt, hatte der Fahrgast mit einigen gewaltigen Sätzen den Rand des Hohlweges erreicht und im Sturmschritte bald darauf auch den Hügelkamm. Oben blieb er stehen, den Blick in die Ferne gerichtet. Ein großartiges und zugleich freundlicheres Landschaftsbild bot sich ihm dar.

Hier wogten die Saaten dichter auf besser bestellten Feldern, Raine und Wege waren mit Obstbäumen bepflanzt, wilde Rosen, blühende Schlehdornhecken schmückten den Saum des Tals, das eine dreifache Reihe bewaldeter Berge von der Hochebene trennte. Diese stieg gegen Westen noch einmal empor, um dann sachte abwärts zu gleiten, ohne andere Grenze als den Horizont. Dort aber, wo Erde und Himmel einander zu berühren schienen, stand eine schwarzblaue Wolke, von dem Glanz der untergehenden Sonne wie mit einem glühenden Ringe feurig und prächtig eingefaßt. Von ihrem dunklen Hintergrunde hob sich ein stattliches Gebäude in verschwimmenden Konturen ab und schimmerte weißlich herüber im Dufte der zitternden Luft. Das ist Sonnberg mit seinen Giebeln und Türmen, es ist das Vaterhaus, das sein Kind, seinen Herrn aus der Ferne grüßt. Paul steht auf seiner eigenen Scholle; der verwitterte Markstein, an den sein Fuß stößt, trägt ein wohlbekanntes Zeichen.

Wie hatte ihm das Herz gepocht als Knabe und als Jüngling, wenn er, an dieser Stelle angelangt, sein altes Heim alljährlich wiedersah und nun nach Monaten voll Arbeit und Mühe fröhliche Ruhetage vor ihm lagen, ein jubelnder Empfang ihn erwartete, offene Arme sich ihm entgegenstreckten, offene Herzen ihm entgegenschlugen. Auch jetzt überkam es ihn mit der Empfindung seiner Jugend. Von einer plötzlichen heißen Ungeduld erfaßt, hieß er den Kutscher langsam auf der Straße weiterfahren, während er selbst querfeldein über die Schlucht und den Steinbruch in gerader Linie auf das Ziel seiner Wanderung zueilte. Es hieß oft mühsam auf- und abwärts klimmen, und trotz der Raschheit, mit welcher er allen Hindernissen zum Trotz vorwärts schritt, war eine Stunde verflossen, bevor er die Mauer des Parkes erreichte.

Außerhalb derselben stand einst ein prächtiger alter Nußbaum; Paul pflegte ihn zu ersteigen und sich an seinen die Mauer überhangenden Zweigen in den Park herabzuschwingen. Den Baum suchte er nun vergebens, er war gefällt worden, ein kurzer Stumpf nur blieb von ihm übrig; einige Schritte jedoch von diesem entfernt befand sich eine regelrechte Bresche, durch welche auch fleißig ein und aus gegangen wurde von zwei- und vierbeinigen Geschöpfen, wie die Spuren im zertretenen Grase und im Schutte deutlich verrieten.

Auf diesem unerlaubten Wege drang Paul in das Schloßgebiet. Die vor ihm Angekommenen waren zwei Kühe und ihre Hüterin, ein kaum siebenjähriges Mädchen. Das Kind trat unbefangen auf den Fremdling zu, reichte ihm die kleine schmutzige Hand und sagte in singendem Tone: »Gelobt sei Jesus Christus!« – »Und die Gemeindepolizei!« antwortete Paul. Sofort wandte die Hirtin sich ab, und ihre entrüstete Miene sagte: Den frevelhaften Spaß versteh ich nicht.

Paul betrat das Fichtenwäldchen, durch welches man zum oberen Teil des Parks gelangte. Es war sehr gelichtet. Die schönsten Bäume, ihrer Zweige beraubt, schwankten traurig im Winde; andere hatten sich über kleinere Nachbarn gebogen und erdrückten sie mit ihrer Wucht; noch andere lagen schon umgestürzt auf dem Boden; überall zeigten sich Spuren der Verwahrlosung und der kecken Eingriffe, zu welchen sie herausfordert.

Am Ausgange des Wäldchens, auf einem Wiesenplan, erhob sich, von Jasmin und Fliederbüschen im Halbkreise umgeben, ein schlanker, großblätteriger Ahorn. Er breitete die zierlichen Äste über eine zersprungene und halb in den Boden eingesunkene Bank zu seinen Füßen. Paul hielt plötzlich an; die Bank, den Baum kannte er gar gut. Das war die Stelle, an welcher er vor vier Jahren um sein junges Weib geworben. Hier hatte er sie gefunden, als er – einmal schwach in seinem Leben! – den Bitten seiner Eltern nach-gegeben, einen raschen Entschluß gefaßt und gekommen war, die holde Hausgenossin zu fragen: »Willst du's mit mir wagen, Marie?«

Sie hatte zu dem kühlen Bewerber einen Blick voll Tränen, Angst und Bitten erhoben und geantwortet: »Nein! nein!«

Das klang anders als der Ausbruch des Jubels, der von ihm er-wartet worden war, zornige Enttäuschung trieb ihm das Blut ins Gesicht, und heftig rief er: »Warum? sage – warum?«

Das Haupt gebeugt, die schmalen Hände im Schoße gefaltet, lehnte sie sich an den Stamm des Baumes. Sie vermied seinen Blick, ihre Lippen zitterten, doch sprach sie in festem Tone: »Weil du mich nicht liebst und – weil ich dich liebe. Es wäre ein Unglück.«

Was half ihr Sträuben? Er wollte es. Jetzt, nachdem er den unge-ahntesten Widerstand gefunden, jetzt wollte er's!

Sie behielt recht … es war ein Unglück gewesen. –

Paul fuhr mit der Hand über sein Angesicht und flüsterte im Weiterschreiten: »Arme Marie!«

Allmählich hatte der Wind sich gelegt; wie aufatmend nach schwerem Kampfe hoben die Bäume ihre Wipfel und streckten ihr Gezweige im Abendtau. Schläfrig zwitscherten Grasmücken im Gesträuch, ein paar Schwalben schossen pfeilschnell dem nahen Schlosse zu. Der Duft von Millionen Blüten schwamm in der kräftigen Luft; immer lautloser wurde die schummertrunkene Natur; ringsumher überzog sich alles wie mit durchsichtigen grauen Schleiern. Paul war aus dem letzten Laubgange getreten, der ihn noch trennte von dem Blumenparterre vor dem Schlosse. Eine breite Steintreppe mit schwerem Geländer führte von dem Saale im ersten Geschoß in den Garten hinab. Die Tür des Saales stand geöffnet; oben auf der Schwelle schimmerte etwas Weißes, ein winziges Wesen, das zu hüpfen, zu winken schien, und langsam ihm entgegen bewegten sich auf den Stufen zwei dunkle Gestalten ...

»Vater! Mutter!« rief Paul und war im nächsten Augenblicke bei ihnen. – Sie wandten sich um, der Greis stammelte den Namen seines Sohnes, über das Gesicht der Mutter flog ein Ausdruck der Verzückung, sprachlos streckte sie die Arme aus, ihre Knie wankten. Paul erfaßte die alte Frau und drückte sie an sich. Der Vater stand neben den beiden, klopfte Pauls Schulter mit schüchterner Zärtlichkeit und ermahnte die Mutter: »So, so – laß ihn – er liebt das nicht – es ist genug –« Er selbst erwiderte kurz die Umarmung seines Sohnes: »Da ist noch jemand«, sagte er und deutete auf ein blasses Kindchen, das der eben stattgefundenen Begrüßung mit bangem Erstaunen zugesehen hatte und das sich nun vor dem fremden Manne hinter dem Türflügel verkroch und die Augen scheu mit seinen blutlosen Händchen bedeckte.

In Jahren waren den Dienern des Hauses nicht so viele Befehle und Aufträge erteilt worden als in der ersten Stunde nach Pauls Ankunft. Die Gräfin hatte ihr Leben damit zugebracht, in seinen Zimmern, von den Kissen des Lagers bis zu den Federn auf dem Schreibtische, alles zu seinem Empfange, zu augenblicklicher Benutzung bereit zu halten; aber jetzt, wo er da war, in Wirklichkeit, er selbst und nicht nur ein Traum von ihm, jetzt schien es ihr, als sei nichts geschehen, als fehle es überall. Sie ging aus und ein, kaum zurückgekehrt besann sie sich, daß sie noch mit dem Haushofmeister, mit dem Koch zu sprechen habe, und abermals verließ sie das Gemach.

Ihr Mann folgte ihr besorgt mit den Augen; eine sichtliche Unruhe ergriff ihn, sooft sie von seiner Seite wich: »Sie wird sich ermüden, sich krank machen, aber ja, das sind die Mütter – du mußt Geduld haben.«

Seine Hände zitterten, etwas greisenhaft Ängstliches sprach sich in seinem Wesen aus; er hielt inne inmitten eines Satzes, der Faden des Gesprächs entglitt ihm – wie alt war er geworden!

Als man sich endlich, um eine Stunde später als gewöhnlich, im großen Speisesaale zu Tische setzte, mußte noch eine Zeitlang auf das Abendessen gewartet werden. Der gebrechliche Büchsenspanner, der magere Kammerdiener und der asthmatische Bediente schlichen mit den gekränkten Mienen umher, die alte Domestiken annehmen, wenn man sie in ihrer gewohnten Ordnung stört. Der Graf war seit seinem Eintritt in den Saal noch stiller geworden, hielt die

Augen gesenkt und erhob sie nur flüchtig, um seiner Frau einen raschen fragenden Blick zuzuwerfen, den sie mit verständnisvollem Nicken beantwortete. Bei einer besonders auffallenden Ungeschicklichkeit des Hofstaats sagte die Gräfin entschuldigend zu Paul: »Hab Nachsicht, die Leute sind nicht gewöhnt – – für den Vater und mich ist Platz genug im kleinen Lesezimmer; wir haben hier nicht mehr gespeist seit dem – seit dem Tode …«

Die Stimme versagte ihr.

»Ja, ja«, murmelte der Greis, und die Tränen, die an seinen Wimpern gezittert hatten, fielen auf seinen Teller herab. Er machte eine unwillige Bewegung mit dem Kopfe, und ein freudeloses, beschämtes Lächeln glitt wie ein verirrter Funke über seine Züge.

Ist es denn möglich? So neu noch dieser Schmerz, so unvergessen noch dieser Verlust?

Wieder trat eine lange Pause ein, auch Paul war still geworden. Die Lampen, die lange außer Gebrauch gestanden, verbreiteten ein schwaches Licht in dem großen Raume; ihr trüber Schimmer beleuchtete die Gesichter der beiden Alten mit fahlem Scheine. Müdigkeit sprach aus ihren verwitterten Zügen – Lebensmüdigkeit, eine tiefe Sehnsucht nach der Ruhe, die auf Erden nicht zu finden ist. Die langersehnte Freude des Wiedersehens mit dem einziggeliebten Sohne, nun war sie erlebt und hatte die glückentwöhnten Menschen tödlich erschöpft. Da haben sie ihn nun, der ihr Abgott, ihr ein und alles ist; nichts fehlt zu ihrer Seligkeit als – die Kraft, sie zu genießen.

Eine traurige Veränderung ist mit ihnen vorgegangen. Sie so gebrochen zu finden, hatte er nicht erwartet.

Pauls Gedanken wanderten nach dem traulichen, duftenden, hellerleuchteten Salon der Gräfin Marianne. Der Tee dampfte in chinesischen Tassen, das englische Silbergeschirr blinkte, französische Konfitüren standen in zierlichen Schalen auf dem geschmackvoll gedeckten Tische. Lautlos schritten die Lakaien ab und zu, der Kammerdiener glitt servierend umher, unhörbar und emsig, lächelnde Dienstfertigkeit in jeder Miene. Die Damen plauderten, Fürst Klemens hörte ihnen zu, stimmte bei, bewunderte, betete an, Gräfin Erlach kicherte und scherzte … Ja, dort konnte Paul sich Thekla denken, hier – nimmermehr! Sie mit ihrer Prachtliebe, ihrer Lebenslust, was soll sie in diesem altmodischen Wesen, in dieser Greisenatmosphäre? Ein unbesiegbares Mißbehagen wird sie ergreifen bei dem ersten Schritt über diese Schwelle, niemals wird sie sich hier heimisch fühlen … Paul möchte das kühle Mitleid nicht sehen, mit dem ihr Blick über die Häupter seiner Eltern hingleiten würde. Die bloße Vorstellung davon ... Das Blut schoß ihm heiß in die Stirn, und er biß die Zähne zusammen.

Sein Vater und seine Mutter tauschten leise einige gleichgültige Worte, sahen dabei ängstlich in sein verfinstertes Angesicht und sagten zu sich selber: Es wird ihm nicht wohl bei uns, es kann ihm bei uns nicht wohl werden!

Die Turmuhr schlug zehn. Immer lauter wurde am Kredenztische das Aufziehen und Zuklappen der Laden und Türen, ein unmotiviertes Hin- und Hergehen, immer verständlicher die Mahnung der Dienerschaft: Was zögert ihr solange? Geht schlafen, es ist Zeit!

– Geht schlafen! ... Diese Mahnung mag wohl oft wortlos zu den Alten dringen. Niemand verhindert es, niemand steht neben ihnen, der ein Recht hätte zu befehlen: Achtung vor denen, die mir heilig sind!

Die eine, die es getan, ist dahin; die eine, die sie nicht verschmerzen können, die ihre Stütze und ihre Freude war.

Paul erhob den Blick zu dem leeren Platz ihm gegenüber. Zum erstenmal vermißte er die freundlichen Augen, denen er dort immer zu begegnen gewohnt war, die stets so innig gefragt hatten: Bist du zufrieden? Worin haben wir's verfehlt? Was willst du? Was geht in dir vor? ... Augen, die aufleuchteten, wenn er heiter, sich trübten, wenn er mißmutig war. Die liebevolle Ausdauer, mit der sie auf ihm ruhten, hatte ihn oft ungeduldig gemacht, und jetzt – wie wohl hätte es ihm getan, nur einmal hineinschauen zu können in diese klaren, tiefen, treuen Augen!

Als der Sohn des Hauses am nächsten Morgen erwachte, war sein Zimmer wie in Licht gebadet. Durch die hohen Fenster fluteten die Strahlen der herrlich aufgehenden Sonne. Es hatte in der Nacht geregnet, große Wassertropfen glitzerten im Grase, auf den Blättern der Bäume, im Kelche der duftenden Blüten. Frisch wehte die Morgenluft, nicht ein Wölkchen stand am Himmel. Paul kleidete sich rasch an und verließ das noch im Schlaf liegende Haus.

Im Hofe kamen ihm seine Jagdhunde entgegen und taten sehr verwundert, als sie ihren Herrn erkannten.

»Da seid ihr ja!« rief er und streichelte ihnen die Köpfe. »Gestern haben sich die Herrschaften nicht blicken lassen. Vorwärts jetzt: allons! allons!«

Sie beantworteten diese Aufforderung mit einem entschuldigenden Wedeln ihrer fleischigen Schwänze und mit einem Gähnen, das gar kein Ende nehmen wollte. Ihre matten Augen sprachen: Bist du gescheit? Wir sind zu dick geworden zu derlei Späßen. Und als Paul seine Einladung wiederholte, krochen die Tiere so rasch, als ihr Körperumfang es gestattete, in ihre Hütte zurück. Erst als er hinweggegangen war, schlüpften sie wieder heraus, setzten sich jedes an einen Pfeiler des Tores und sahen ihm mit liebevollen Blicken nach.

Im Dorfe hatten die Leute bereits ihr Tagewerk begonnen. Der Gemeindehirt trieb die Herde der Weide zu, Weiber füllten ihre Wassereimer am Brunnen, Arbeiter waren auf dem Wege nach dem Felde; alle, denen Paul begegnete, grüßten ihn, hießen ihn willkommen. Die Weiber sahen ihn mit neugieriger Teilnahme an, eine von ihnen rief ihm von weitem zu: »Jetzt sind Sie halt allein!«

In nächster Nähe der Pfarrei und viel ansehnlicher als diese erhob sich ein großes blankes Bauernhaus. Ein gewölbter Bogen trennte es von den Scheunen und Ställen, und durch denselben blickte man in einen weitläufigen Obstgarten mit reihenweis gepflanzten rot und weiß blühenden Bäumen. Vor dem Hause ein schmaler Streifen kurzen, grünen Grases, mit Malven und Levkojen bepflanzt und mit einem netten Holzstakete umgeben. Die Fenster blank gescheuert, der Sockel grau getüncht und über dem ganzen Gehöfte ein Anstrich von ruhigem Behagen und solider Wohlhabenheit, wie sie immer seltener werden »bei uns zulande auf dem Lande«. Aus dem Hause trat ein alter, untersetzter Mann in blauem, bis an die Fersen reichendem Rocke, der, bei jedem Schritte auseinanderflatternd, die schwarze Kniehose und die hohen, glänzend gewichsten Stiefel sehen ließ. Auf dem Kopfe trug der Alte einen niedrigen Hut mit aufgerollter Krempe, an der Weste Silberknöpfe, kurz: es kleidete sich keiner im ganzen Dorfe am Kirchweihfeste so stattlich wie er am Werkeltag. Dafür war er aber auch Balthasar der Große, Balthasar Schießl, der Reiche, Gescheite: ein Mann, der's mit jedem »Herrn« aufnimmt, eine Handschrift schreibt, die manche Leute sogar lesen können, bei Gott! nebstbei zwölf Melkerinnen im Stalle hat und jahraus, jahrein seine vier Paar Ochsen, einspannen lassen kann. Ein Mann, der einmal, als er nach der Stadt fuhr, um dort Steuern zu zahlen, im Gasthofe zum Adler auf einen Sitz zweihundert Gulden verloren, bar auf den Tisch ausbezahlt, von dem Tage an aber nie mehr eine Karte angerührt hat.

Balthasar eilte in raschen Schritten auf Paul zu und reichte ihm die Hand: »Das ist ja schön, daß Sie einmal wieder zu uns kommen«, rief er. Sofort entspann sich ein Gespräch, und sie wanderten zusammen weiter. Paul fragte nach dem und jenem und erhielt auf die Frage: »Wie geht es ihm?« regelmäßig die Antwort: »Gut.« Nachträglich kam dann: »Dem ersten haben die Schuldner das

Haus über dem Kopf verkauft, der zweite, ja, der hat sich versoffen, zieht als Vagabund herum, Weib und Kinder gehen in den Tagelohn. Der dritte ... das is halt eine Gschicht – dem sein Sohn, der sitzt.«

»Warum nicht gar! Was hat er denn angestellt?«

»Es heißt, wissen S', daß er den Heger erschossen hat.«

»Es heißt! Es wird wohl nicht nur heißen.«

Der Alte schwieg eine Weile, dann sah er Paul von der Seite an, zeigte lachend zwei Reihen Zähne, gelblich wie Elfenbein und fest wie eine Mauer: »Ja sehen S', ich sag ...« Er spreizte die Finger auseinander und setzte seine Hand in eine langsam wiegende Bewegung: »Es kann sein – und es kann auch nit sein.«

»Ich kenn euch!« sprach Paul.

»So?« fragte der Bauer, und in dem einen Worte und dem Blicke, womit er es begleitete, lag eine ganze Reihe spöttischer Zweifel.

Paul fuhr eifrig fort: »Ihr seid immer dieselben! Von der Wilddieberei könnt ihr nicht lassen. Heute wie vor zwanzig Jahren wird nur so hineingehauen in unsere Wälder, werden unsere Wiesen abgegrast ...«

»Die meinen auch«, sprach Balthasar.

»Und wo bleibt der Respekt vor fremdem Eigentum? Wann werden die Leute endlich lernen, daß ein Unterschied ist zwischen Mein und Dein?«

Der Alte zog seine Pfeife aus der Tasche und begann ruhig sie zu stopfen. Sie waren jetzt in die Nähe der Schule gekommen. Vor der Tür stand ein junger Mensch, schäbig, aber stutzerhaft gekleidet, und schäkerte mit einer frech aussehenden Dirne.

»Das ist der neue Schullehrer«, sagte Balthasar in nachlässigem Tone.

– »Der? Der junge Bursch? Der kann ja selbst die Schule nicht absolviert haben.«

»Hat's auch nit.«

»Wieso? Ist er relegiert worden?«

»Es heißt, daß er, wissen S', drinnen in der Stadt aus dem Schulzimmer oder von wo Maschinen mitgenommen hat, um dran zu studieren. Aber – vergessen muß er haben, daß sie ihm nit gehören, denn sonst –« sprach Balthasar mit einer pfiffigen Harmlosigkeit, die des größten Schauspielers würdig gewesen wäre –, »denn sonst hätt er sie ja nit verkaufen können.«

»Das wißt ihr?« rief Paul, »und den macht ihr zum Schullehrer? Den duldet ihr?«

»Wir haben ihn nit grad ausgesucht, aber er hat halt ›Prodektion‹, und wenn er einmal dasitzt, bringt ihn selbst unser lieber Herrgott nit weg, das müssen Sie auch wissen, Herr Graf«, setzte Balthasar hinzu, zufrieden mit dem Eindruck, den das Streiflicht hervorbrachte, welches er auf die Ortszustände geworfen.

»Eure Schuld, wenn er dasitzt … Jetzt habt ihr ihn, könnt eure Kinder zu ihm in die Schule schicken!«

»Ich schick die meinen nit.«

»Ihr schickt sie nicht? Existiert vielleicht kein Schulzwang in Sonnberg?«

»Ich zahl halt Straf«, antwortete der Bauer mit ruhigem Lächeln. »Ich kann's ja tun.«

Sie gingen eine Weile schweigend nebeneinander, beide in Gedanken nicht angenehmer Art versunken.

»Wenn die Frau Gräfin«, sagte der Alte auf einmal und fuhr unwillkürlich mit der Hand nach dem Hute, »wenn die Frau Gräfin noch am Leben wäre, so was wär nie geschehen … Und hier –« setzte er in plötzlich verändertem Tone hinzu – »tät es auch anders aussehen!«

Er deutete auf den großen, mit verschwenderischem Luxus erbauten Meierhof, dem sie sich allmählich genähert hatten.

Paul meinte, das könne man doch nicht wissen, aber daß es hier nicht aussehe, wie sich's gehöre, sei allerdings ausgemacht. In der Tat, darüber konnte kein Zweifel herrschen. Das Vieh in schlechtem Stande, die Gebäude vernachlässigt, die kostbaren Maschinen, die Paul aus England geschickt hatte, zwar noch nicht benützt, aber schon beschädigt, im Freien, jedem Unwetter ausgesetzt, während der Schuppen daneben mit elendem Gerümpel angefüllt war. Alles schmutzig, unordentlich durcheinandergeworfen, alles verwahrlost und weder Knecht noch Magd sichtbar, kein Mensch in der Nähe, den man hätte fragen können: Wie geht das zu?

Balthasar steckte die Pfeife, ohne sie jedoch anzuzünden, zwischen die Zähne, stemmte beide Arme in die Seiten und sagte: »Die Frau Gräfin ist tot, die alten Herrschaften sehen nix mehr – und Sie …« Sein Mund verzog sich ironisch: »Sie haben halt gar zuviel zu tun!«

Im Amtshause, das von dem Meierhofe nur durch die Straße getrennt war und das mit seinen zwei Geschossen, seiner verzierten Fassade und seinem französischen Dache einem Schlößchen glich, wurde es plötzlich lebendig. Ein Fenster im ersten Stocke war eröffnet und so rasch wieder zugeschlagen worden, daß die Trümmer zerbrochener Scheiben klirrend zu Boden fielen. Darauf entstand in dem Hause eine Bewegung wie in einer überrumpelten Festung, und endlich erschien auf der Schwelle ein großer, breitschultriger, sehr dicker Mann. Sein Gesicht hatte die Form und den Umfang eines Tellers und die Farbe einer Feuernelke. Als Balthasar den Herrn Verwalter kommen sah, machte er sich eilig von dannen. Die langen Schöße seines Rockes flogen hinter ihm her und waren anzusehen wie die Flügel eines Nachtfalters. Er rückte vor dem Verwalter kaum den Hut, und dieser erwiderte den kurzen Gruß mit auffallender Freundlichkeit. Hingegen vergab er seiner Würde dem Herrn Grafen junior gegenüber nicht ein Jota.

»Der Herr Graf sind da«, sprach er bitter und vorwurfsvoll, »begeben sich stante pede in die Ökonomie, ohne mich haben avisieren zu lassen. Ich darf die Gnade nicht haben, teilzunehmen an der Inspektion.«

»Nur eine Morgenpromenade, lieber Vogel. Allerdings bin ich nicht erbaut von dem, was ich bisher sah und hörte«, erwiderte Paul, teils ergötzt, teils geärgert durch die gewundenen Reden des feierlichen Herrn, den dessen feinfühlende Gemahlin »mein opulenter Mann« zu nennen pflegte.

»Ah – – Insinuationen! …«

»Davon ist nicht die Rede, aber werfen Sie doch nur einen Blick um sich!«

»Das tue ich täglich«, entgegnete der Herr Verwalter mit einem Selbstbewußtsein, als ob es auf Erden nichts Ruhmvolleres geben könne, als Blicke um sich zu werfen. »Jeden vom Dache gefallenen Ziegel, jede gestohlene Latte, Herr Graf, Sie finden sie wieder – im Wirtschaftsjournal. Aber jedoch adaptiert, restauriert darf nichts werden. Wir haben strikten Enthaltungsbefehl. ›Tun Sie nichts ohne meinen Sohn!‹ ist des Herrn Grafen stets von neuem wiederholt erteilte Weisung, der sich fügsam zu erweisen nicht immer ganz leicht fällt.«

»Weniger wörtlich befolgt wäre der Befehl besser befolgt«, versetzte Paul. Er hatte den Rückweg angetreten und eilte rasch vorwärts, belästigt durch die Begleitung des Herrn Verwalters, dem es, wie sein schnaubender Atem verriet, schwer wurde, mit ihm Schritt zu halten.

Am Ausgange des Dorfes befanden sich einige elende Baracken: die sogenannten »herrschaftlichen« Arbeiterwohnungen. Der Wind blies durch ihre zerklüfteten Mauern, die Scheiben ihrer kleinen Fensterchen waren zerbrochen oder erblindet, die Löcher in ihren halb abgedeckten Dächern gemahnten an aufgerissene hungrige

Mäuler. Den Vordergrund des Jammerbildes bildete eine Pfütze, in der eine zahlreiche Kinderschar mit einem Vergnügen herumpatschte, das gewisser Geschöpfe würdig gewesen wäre, die mit mehr Beinen und mit weniger Gottähnlichkeit ausgestattet wurden als das menschliche Geschlecht.

»Unsere Arbeiterwohnungen!« rief Paul entrüstet – »durfte auch hier nichts hergestellt werden? ... Es war schon der Wunsch meiner verstorbenen Frau, daß sie niedergerissen und an ihrer Stelle neue, geräumigere errichtet würden.«

Der Verwalter lächelte: »Hauptsächlich aus Moralitätsgründen. Die Frau Gräfin nahmen Anstoß daran, mehrere Personen unterschiedlichen Geschlechtes in nicht unterschiedlichen Lokalitäten unterbringen zu lassen. Die hochgeborene Frau vergaßen, daß derlei hier überall vorkommt. Wir haben Wohnungsnot in Sonnberg. Die Leute sind es gewöhnt, und warum sollte es der Arbeiter besser haben als der Bauer? Es würde schlechtes Blut machen, zu befürchten geben ... Auch kann niemand der Gutsverwaltung zumuten, sich zur Tugendwächterin der Bevölkerung aufzuwerfen, und haben die Leute ihren eigenen Standpunkt – wie der Herr Graf dereinst selbst der hochseligen Frau Gräfin zu bedenken zu geben geruhten.«

So war's. Mehr aus Widerspruchsgeist als aus Überzeugung hatte Paul damals die Forderung abgewiesen, die seine Frau an ihn gestellt, eindringlich im Namen der Menschlichkeit. Einen Augenblick war er nahe daran gewesen, einzuwilligen, denn im stillen gab er ihr recht. Aber war er der Mann, der gemahnt zu werden brauchte an die Erfüllung einer Pflicht? – Würde er sie als solche anerkennen, ihr wäre längst Genüge geschehen. Demnach hatte Paul ein rasches Ende gemacht, erklärt, er wolle von der Sache nichts mehr hören, und über die Subjektivität der Weiber gespottet, die immer sich, immer nur sich in die Lage der andern versetzen können und unfähig sind, irgendein Verhältnis anders als persönlich zu beurteilen.

»Mitleid ist Schwäche!« hatte er ausgerufen, plötzlich aber innegehalten, weil ihm ein Zweifel an der Unbestreitbarkeit dieses Satzes aufgestiegen war, weil ihn beim Anblick des Schmerzes, den sein Starrsinn verursachte, eine Regung überkommen hatte, derjenigen beinahe ähnlich, die er soeben verdammt ...

Die junge Frau jedoch, wie hatte sie in seiner Seele zu lesen gewußt! Das leise, kaum eingestandene Gefühl, das zu ihren Gunsten sprach, wie war es sogleich von ihr erraten, wie dankbar sein Erwachen begrüßt worden! Wie hatte sie, mit neubelebter Hoffnung auf den Sieg ihrer guten Sache, die Arme um den Hals ihres Mannes geschlungen, den Kopf an seine Brust gedrückt, voll zärtlicher Begeisterung zu ihm emporgesehen und ihm zugeflüstert: »O du Schwächling!«

Ja, ja, sie war anmutig gewesen und hold. – –

Paul fuhr auf aus seinem Sinnen. »Nehmen Sie an«, sprach er zu seinem Begleiter, »daß ich heute anders denke als zu jener Zeit, daß ich einsehe – kurz, suchen Sie die Pläne zu den Arbeitshäusern hervor, die meine Frau damals zeichnen ließ. Der Bau soll sogleich in Angriff genommen werden.«

Der Beamte steckte mit Würde die Hand in seine Weste. »Herr Graf scheinen einen Systemwechsel vorzunehmen zu beabsichtigen. Vielleicht intensive Wirtschaft, was hier nicht geht! … Wovon Herr Graf sich selbst genugsam überzeugten und was ich mehrmals die Gnade hatte zu bemerken, dereinst bei unvergeßlichen Gelegenheiten, in denen mir das Unglück widerfuhr, mir das Mißfallen der hochseligen Frau Gräfin zuziehen zu müssen.«

Ein hämischer Zug verunstaltete seine feisten Lippen, sooft er von der Verstorbenen sprach.

Dieser hoffärtige Mensch hat sie gehaßt und grollt ihr noch nach dem Tode. Er verzeiht es ihr nie, daß sie so manchen Kampf gegen ihn siegreich geführt. Siegreich, denn sie war stark, mutig und verständig, dachte Paul, und entließ den Herrn Verwalter mit einigen trockenen Worten.

Der Graf und die Gräfin erwarteten ihren Sohn zum Frühstück im Saale, beide nach altem Brauche sorgfältig gekleidet vom frühen Morgen an. Sie im grünen, glatten Seidenkleide, das nur wenig über die Knöchel reichte und die ausgeschnittenen, kreuzweise gebundenen Schuhe sehen ließ. Die lichten Locken, zu beiden Seiten der Stirn aufgesteckt, das feine Gesicht mit den milden Augen, von einer weißen Haube umgeben, die ganze Gestalt wie aus einem Rahmen eines edlen, aber verblaßten Bildes getreten, das vor dreißig Jahren gemalt worden war. Ihr Mann, der sie einst um Kopfeslänge überragte, sah jetzt nicht größer aus als sie. Seine breite Brust war eingesunken, seine Schultern hatten sich gewölbt. Aber schön geblieben waren die herrlichen Züge seines Gesichtes. Den kahlen Scheitel des wie aus Erz geformten Hauptes umgab ein Kranz von schneeigen Haaren, und wie weiße Seide schimmerte der Bart, der auf die Brust des Greises niederwallte.

Der Graf stand am Fenster, auf seinen Stock gelehnt, und sprach: »Er ist schon draußen, schon seit sechs Uhr, sieht sich um, wird Befehle geben, Einrichtungen treffen, alles nach der neuen Art, alles anders als zu unserer Zeit und tausendmal besser. Ja, der versteht's! Der Vogel wird sich freuen, daß er einmal wieder etwas lernen kann.«

Die Gräfin meinte, dies sei ohne Zweifel der Fall und könne nicht schaden; es gäbe so manches zu tun in Sonnberg, und gewiß, ein gewöhnlicher Mensch fände hier ein überreiches Feld für seine Tätigkeit, aber für Paul ist das alles zu kleinlich, zu gering, der bescheidene Beruf eines Landwirts, der füllt einen solchen Mann nicht aus. »Wie lange er wohl bei uns bleibt?« schloß sie ihre Betrachtungen.

»Danach darf man ihn nicht fragen!« rief der Greis. »Du weißt, das kann er nicht leiden. Nur keinen Zwang, nur keine Liebestyrannei!«

Paul war während dieser letzten Worte eingetreten, und man setzte sich an den Frühstückstisch. Er freute sich im stillen über das frischere Aussehen der beiden alten Leute. Die Nachtruhe, die ihnen der Gedanke gar süß gemacht, daß ihr Sohn einmal wieder unter demselben Dache mit ihnen schlafe, hatte sie unsäglich erquickt.

»Bist du zufrieden mit unserer Wirtschaft?« fragte der Graf. »Vogel hält strenge Ordnung, ein braver Mann, das muß man ihm lassen ... auch fehlt uns nichts als bares Geld. Das Erträgnis, sagt Vogel, das Erträgnis! – ja, leider. Es wird ihm oft schwer, die großen Regiekosten zu bestreiten.«

– Die Regiekosten? dachte Paul, o lieber Vogel! o lieber – Schurke! Du hast dich sonderbar ausgewachsen. Meine Abwesenheit bekommt dir schlecht. – Er antwortete ausweichend, vorläufig könne er noch keine Meinung abgeben, in einigen Tagen aber, nächste Woche vielleicht ...

»Nächste – Woche?!« wiederholten seine beiden Eltern zugleich. So lange bleibt er? O Glück! Sie dachten nicht mehr, ein solches zu erleben. Die Mutter vergaß in ihrer Freude einen Augenblick die stets geübte Zurückhaltung, die sich jede Äußerung der Zärtlichkeit versagte. Sie glitt schmeichelnd mit den Fingern über den auf dem Tische ruhenden Arm ihres Sohnes. Es lag in dieser schüchternen Berührung so viel unterdrückte Liebe, ein so unaussprechlicher Dank, daß Paul innig sprach: »Gute Mutter!« ihre Hand ergriff und an seine Lippen drückte. Die Gräfin warf einen Blick voll seliger Überraschung auf ihren Gatten, dessen Angesicht dieselbe Empfindung aussprach. Sie schienen sich zu fragen: Was ist das? – was ist geschehen? Ist er's denn noch?

»Je länger du bleibst, um so besser für uns«, sagte der Graf. »Du bist immer willkommen, lieber Sohn.«

Den alten Leuten war seltsam zumute – ungefähr wie frommen verzückten Betern, zu denen der steinerne Heilige, vor dem sie knien, sich plötzlich niederbeugen und Worte des Segens über ihre Häupter sprechen würde.

Die Unterhaltung geriet ins Stocken, das Frühstück war beendet; Paul ging auf sein Zimmer mit der Absicht – an Thekla zu schreiben.

Nur eine Spanne Zeit trennte ihn von dem Augenblick, in dem er Abschied von ihr genommen, es hatte sich darin so gut wie nichts begeben, nicht ein Ereignis, das der Mühe lohnte erzählt zu werden, und doch: ihm schien sie lang und inhaltsreich, diese kurze, stille Zeit; er meinte fast in ihr mehr erlebt zu haben als in seinem ganzen übrigen Dasein. Womit soll er seinen Brief beginnen, den ersten, den er an Thekla schreibt? Meine Gedanken haben Sie nicht verlassen ... Eine Lüge! – Ich habe meine Eltern wohlauf gefunden ... Was kümmern sie seine Eltern? Diese schlichten Leute werden ihr immer fremd bleiben und sie auch ihnen.

Aber das Kind, dessen Mutter sie werden und das sie lieben lernen soll, von dem will er ihr sprechen. Nur muß man kennen, was man beschreiben will, und er hat die Kleine noch kaum gesehen; wie absichtlich schafft man sie ihm aus dem Wege, erwähnt ihrer nicht, gedenkt es ihm wohl noch, daß er dereinst zu behaupten pflegte, kleine Kinder seien ihm ein Greuel. Das war damals nur halb und ist jetzt gar nicht mehr wahr, Eltern jedoch glauben nichts schwerer, als daß mit ihren Kindern eine Veränderung vorgehen könne. Paul erhob sich, um zu schellen, und in diesem Augenblicke wurde nach leisem Pochen die Tür geöffnet, und sein Töchterchen trat ein. Es klammerte sich dabei mit einer Hand an den Rock seiner Wärterin, in der anderen trug es einen Veilchenstrauß. Einen solchen, ganz so gebunden, legte Marie dereinst täglich auf seinen Schreibtisch: dort hatte er ihn soeben halb unbewußt vermißt.

»Das bringen wir dem Papa«, sprach die Wärterin. Sie beugte sich zu der Kleinen nieder und suchte sich von ihr loszumachen. »Es ist ein guter Papa, geh zu ihm, mein Engel, geh!«

Es entstand ein langer, in flüsterndem Tone geführter Wortwechsel zwischen Mariechen und ihrer Pflegerin, dem Paul damit ein Ende machte, daß er der letzteren befahl, sich zu entfernen.

»Und das Kind?«

»Das bleibt bei mir.«

»Ganz allein? Es ist so scheu – Sie sind ihm so fremd –«

Unwillig wiederholte Paul seinen Befehl, die Frau erlaubte sich keine Einwendung mehr, sie ging bestürzt von dannen, und ihr Zögling, noch viel erschrockener als sie, hatte nicht einmal den Mut, sich nach ihr umzuwenden.

Wie eine kleine Bildsäule blieb Mariechen regungslos an ihrem Platze und senkte das traurige Gesicht tief auf ihre Brust.

Arme, verkümmerte Pflanze! dachte Paul. Wachsest auf zwischen einem geschlossenen und einem schon geöffneten Grabe ... Du brauchtest frischere Lebensluft!

Eine Regung mitleidiger Liebe schlich sich in seine Seele; er sah die Furcht, mit der sie unter den gesenkten Lidern hervor jede seiner Bewegungen beobachtete, und wagte nicht, sich ihr zu nähern. Sie voll Angst vor ihm, er voll Bangen vor ihrer Angst – so standen Vater und Tochter einander gegenüber.

Endlich kniete er nieder und sprach mit gedämpfter Stimme: »Mariechen, komm zu mir!«

Das Kind rührte sich nicht, aber die Nerven um seinen Mund begannen zu zittern, ein schwerer Seufzer hob seine Brust, und es brach in unaufhaltsames Weinen aus. Paul ging an seinen Schreibtisch zurück. Sie mag sich ausweinen! Hat ohne Ursache angefangen, wird ohne Ursache aufhören!

Aber die Ausdauer eines schluchzenden Kindes ist ein länger Ding als eines Mannes Geduld. Er wollte die seine nicht verlieren, er hielt sich die Ohren zu, versuchte seine Aufmerksamkeit auf zwei Goldamseln zu lenken, die im Grün der Linde vor seinen Fenstern wie Lichtstrahlen von Ast zu Ast huschten, bemeisterte sich lange, zuletzt aber wandte er sich doch um, sprang auf und herrschte dem Kinde zu: »Schweige!«

Es gehorchte augenblicklich, hielt inne mitten im Schluchzen und sah aus großen, in Tränen schwimmenden Augen erschrocken und flehend zu seinem Vater empor. Und dieser Blick traf ihn wie ein Stoß in das Herz. So hatte die Mutter des Kindes ihn angesehen, damals, als sie zum ersten und letzten Male nein zu ihm gesagt, an jenem Tage, der unwiderruflich über ihr Leben entschied ... Da war die Erinnerung wieder, deren er sich mit dem Aufgebote seiner ganzen Willenskraft nicht zu erwehren vermochte, die ihn wie mit einem Zauberbanne umwob, seitdem er den heimischen Boden betreten hatte.

Kann das Weib, das im Leben hilflos zu seinen Füßen lag, ihn nach dem Tode besiegen? Fleht sie aus dem Jenseits zu ihm? sieht ihn mit unvergeßlichem Blicke aus dem Auge ihres Kindes an – ihres kleinen Abbildes ... nein, kein Abbild, sie selbst, in jedem

Zuge des Gesichtes – in jeder Bewegung sie, so ganz und gar sie selbst, als gäbe es eine rückwärts schreitende Zeit, ein umgekehrtes Leben, das wieder zur Kindheit führt …

Im Innersten erschüttert, hob Paul das Kind in seinen Armen empor und drückte es an sich. Allein der Ausbruch seiner Zärtlichkeit erweckte Entsetzen und dieses seinen Grimm. »Fürchte dich nicht!« rief er in törichtem Zorne, »fürchte dich nicht!« während er sie tödlich erschreckte. Alle Glieder des zarten Körperchens begannen zu zittern, die Augen wurden starr, und in großer Bestürzung setzte Paul das Kind auf den Boden hin. Da blieb es still, mit herabhängenden Armen, das Köpfchen tief gebeugt – auf das Allerschlimmste gefaßt, recht wie ein junges Vöglein im verlassenen Neste, über dem ein Gewitter schwebt … Schon hat der Blitz gezuckt – wann trifft sein Strahl?

O du allmächtige Hilflosigkeit! du wehrlose, vor der alle Kraft des Starken sich auflöst in einen Strom des Erbarmens!

»Sprich«, flüsterte Paul, »sprich nur ein Wort – oder weine, Kindchen! weine – ich bitte dich …«

Sie bleibt still, stumm, leblos … Atmet sie denn? In namenloser Spannung hält er seinen Atem an, um dem ihren besser zu lauschen – – da läßt sich im Nebenzimmer das Trippeln kleiner emsiger Schritte vernehmen, das Gebimmel einer winzigen Schelle … Mariechen horcht plötzlich auf, an der Tür wird ein Kratzen laut, gebieterisch einlaßheischend – und das Kind erhebt den Kopf, ein schwaches Rot tritt auf seine Wangen, es schlägt freudig die Händchen zusammen und – »Kitty!« ruft es aufjauchzend.

Paul öffnete die Tür, und an ihm vorbei schoß ein zottiges Hündchen und sprang mit lautem Gebelle auf das kleine Mädchen zu. Es umhüpfte sie, leckte ihr die Hände und das Gesicht, sprang wieder davon, streckte die Vorderbeine von sich, soweit es konnte, bog das Kreuz ein, bellte, sah sie an und keuchte mit herabhängender Zunge.

Und sie – wie sie es lockte! wie sie es rief mit liebkosenden Namen, wie sie es mit ihren beiden Ärmchen umschlang, seinen Kopf an ihre Brust drückte und wiegte mit ernsthafter Zärtlichkeit.

Ja, dem kann sie schöntun! der steht in ihrer Gunst … Man könnte ihn beneiden … Paul lächelte über seine kindischen Gedanken – es ist weit mit ihm gekommen: er ist eifersüchtig auf einen Hund.

Unmutig schellte er der Wärterin und befahl ihr, die Kleine hinwegzuführen. Er wandte sich ab, als es geschah; was brauchte er zu sehen, wie gern sie von ihm ging?

Einmal wohl fällt uns die Liebe vom Himmel, einmal – und nicht wieder. Hast du die Gottesgabe nicht zu schätzen gewußt – jetzt heißt es um sie werben, um sie dienen ... Der Veilchenstrauß war auf den Boden gefallen, Paul hob ihn auf und legte ihn neben sich auf den Schreibtisch. Er begann einen neuen Brief an Thekla, aber es stand in den Sternen geschrieben, daß auch dieser nicht beendet werden sollte. Von der Straße herüber drang ein sonderbares Geräusch. Als ob zehntausend Wespen schnarrten, als ob zehntausend Hornissen brummten und dazwischen ein Dudelsack pfiffe, war es anzuhören. Ein Geräusch, in seiner Art nicht minder berühmt als die Luftmusik auf Ceylon, nur besser erklärt von Gelehrten und selbst von Ungelehrten, denn sobald es sich vernehmen ließ, wußte jedermann auf eine Viertelmeile in der Runde: der Freiherr von Kamnitzky fährt über Land! Und was da rasselt, quiekt und stöhnt, es ist seine historische Kalesche. Ein edles Vehikel, ein ehrwürdiges Denkmal aus der Vergangenheit. Wann es erbaut wurde – »die jetzigen Kinder denken's nicht!«

In Form und Farbe glich es der Hälfte eines Tiroler Apfels und war mit dunkelbraunem Tuche – das aber aus neuerer Zeit stammte, denn es zählte keine fünfundzwanzig Jahre – gefüttert. Es schwebte in wolkennaher Höhe auf Schneckenfedern, ein mächtiger Radschutz hing an schwerer Kette unter dem Kasten. Vorgespannt waren ein paar dicke, kurzhalsige Schimmel mit Beinen wie Säulen; ansehnliche Gäule, die, nach dem Zeugnis ihres Herrn, »einmal ins Kugeln gekommen, einige Meilen auf oder ab nicht weiter regardierten«.

Der Freiherr von Kamnitzky hatte immer einen Spaß auf den Lippen und ein paar Silbergulden in der Tasche, war deshalb sehr beliebt bei der Dienerschaft in Schloß Sonnberg, die sich um die Ehre riß, den Schlag seiner Kalesche zu öffnen und das aus mehreren Stufen bestehende Trittbrett herunterzuschlagen. Kamnitzky war eben im Begriffe, diese fliegende Treppe zu betreten, als Paul aus dem Schlosse geeilt kam, um ihn zu begrüßen.

»Was der Teufel!« rief der Freiherr und blieb wie versteinert stehen.

Paul half ihm herab: »Ich werde dich doch nicht umsonst nach Wien reisen lassen«, sagte er.

»Umsonst nach Wien? mich? – sei so gut und sag das deinen Eltern – umsonst ... O das ist wieder – o freilich ... verzeih, aber so albern reden doch nur gescheite Leute«, rief Kamnitzky voll Entrüstung und versäumte auch diese Gelegenheit nicht, den »gescheiten Leuten« eins anzuhängen.

Er fragte einen Diener – nicht Paul, mit dem sprach er vorläufig kein Wort mehr –, wo der Herr Graf sich befinde, und wünschte angemeldet zu werden. Eine Höflichkeit, die er nie außer acht setzte, ebensowenig als der Graf jemals versäumte, ihm darüber Vorwürfe zu machen. Aber es geht eben nichts über eine gute, altgewohnte Art, das Gespräch anzuknüpfen, und so wurde denn auch heute wie immer der Gastfreund mit den Worten empfangen: »Sich anmelden lassen? Alter Mensch, was fällt dir ein?«

Bei Tische war Kamnitzky lustig bis zur Ausgelassenheit, aß und trank ansehnlich, machte die schlechtesten Witze, ohne ein einziges Mal darüber zu erröten. Seine gute Laune und sein guter Appetit erweckten das innigste Wohlgefallen der alten Leute. In Bestürzung jedoch gerieten sie, als er nach dem Speisen begann, über die Regierung zu schimpfen; sie besorgten sehr, Paul könne das übelnehmen.

»Er meint nicht dich«, sagte der Greis beruhigend zu seinem Sohne.

»Bitte um Verzeihung! Wohl mein ich ihn und sein ganzes, ihm nachbetendes Gelichter«, rief der erregte Freiherr.

Er stellte sich mit dem Rücken an den kalten Kamin, versenkte beide Hände in die Hosentaschen und setzte seinen Oberkörper in regelmäßige Schwingungen. Die Schöße seines Rockes, die er unter den Armen hielt, bewegten sich dabei wie zwei schwarze Ruder in der Luft. Er hatte den Kopf zurückgeworfen und eine lange Virginia zwischen die Zähne geklemmt, die wie gewöhnlich nicht ins Glühen kommen wollte. Sein kühnes Gesicht drückte die höchste Kampflust aus.

»Euch alle mein ich, politische Doktoren, Verjüngerer, Verbesserer des Staates, Baumeister ... ja, saubere Baumeister! ... Flicken einen Riß in der Mauer, reparieren am Dache und merken nicht oder tun, als ob sie nicht merkten, daß die Fundamente wanken ... Wißt ihr, wie das Fundament heißt, auf dem ganz allein ein festes Staatsgebäude sich errichten läßt? Rechtsgefühl. An dem fehlt's bei uns ... Gesetze macht ihr? Zeitvergeuder! Gesetze haben wir genug, aber die Leute, die sie befolgen, die sollen noch geboren werden. – Was Gesetze! sagen wir. Gesetze kommen vom Staat, der unser Feind ist, der den einzelnen auffrißt, wie Ugolino seine Kinder auffraß – um ihnen den Vater zu erhalten. Vorteil, dauernden für den Wohlhabenden, augenblicklichen für den armen Teufel, auf den gehen wir aus. Wie's dem Allgemeinen, dem großen Ganzen tut, das – hol's der Kuckuck! Was kümmert's uns?«

Er hielt inne, dunkelrot und keuchend, und fuhr sogleich wieder heftigfort:»BevordiesesKampf-ums-Dasein-Evangeliumausgerottet ist, heißt all eure Tätigkeit salva venia nichts! ... Aber freilich – wer steigt gern vom First in den Keller ... und daß der First von selbst zum Keller kommt, dazu hat's ja für euch noch keine Gefahr ... Wäre auch eine verfluchte Arbeit da unten. Getan müßte sie werden, und verschüttet, und wieder getan, und wieder verschüttet; und hundertmal das scheinbar Vergebliche zu tun, müssen ein paar hundert Männer den Heldenmut haben, die Heldenkraft! ... Ein stilles Wirken – unscheinbar, unbewundert. Ein Leben voll Müh und Selbstverleugnung ginge drauf, und wenn's zu Ende wäre, spräche keiner: Seht hin, was der geleistet hat! – Viel später erst, ein Enkel deiner Enkel freute sich vielleicht: – Sieh da, die Luft wird rein – das Volk wird brav; es gibt Handwerker, die Wort halten, ehrliche Krämer, einsichtige Bauern. Wer hat die Saat zu diesen bescheidenen Tugenden ausgesät unter uns? ... Das haben – von langer Hand her – schlichte Männer getan, die sich geplagt haben, redlich, im Dunkel der Niedrigkeit, wohin kein Strahl des Ruhmes dringt; ihre Namen weiß man nicht ...

Wen reizt ein solcher Lohn?! Es ist zum Lachen – der lockt keinen Hund vom Ofen, geschweige denn einen glänzenden Redner von der beifallumrauschten Bühne herunter!«

Die alten Leute horchten verblüfft und hielten die Augen auf ihren Sohn gerichtet.

– Er läßt den kindischen Menschen faseln, dachten sie, plötzlich wird er sprechen und ihn schlagen, mit einem Wort. Aber Paul schwieg und sagte endlich nur:»Man könnte dir zwar manches einwenden, allein im ganzen hast du so unrecht nicht.«

Seine Eltern sahen einander lächelnd an: – O dieser Paul! – Welche Güte, welche Nachsicht mit dem armen streitsüchtigen Toren, der aus seinem Mausloch die Welt reformieren will. Kamnitzky jedoch wurde nun völlig wild.

»So unrecht nicht?« rief er. – »Wahrhaftig? ... Da meint man immer: Wenn man nur einmal einen von ihnen erwischen könnte und zur Rechenschaft ziehen, gleich hieße es: Das alles wissen wir besser als du! Wollen helfen, werden's schon ... Wir kennen unser Ziel – den Weg dahin, den zu wählen überlasse uns – davon verstehst du nichts. Das wär ein Wort, das sich hören ließe! Aber: Du hast recht ... Schämt euch ... das ist ein schöner Trost!«

»Geh – geh«, sagte Paul, zog ein Feuerzeug aus der Tasche und hielt Kamnitzky ein brennendes Zündhölzchen hin, an dem dieser mit unsäglicher Mühe seine Zigarre wieder für einige Augenblicke zum Glimmen brachte.

»Na«, sprach er nach einer Weile, »nichts für ungut.« Er wurde plötzlich sehr rot und sehr gerührt, reichte Paul die Hand und beteuerte, daß sie »deswegen doch« die Alten bleiben würden. Bald darauf nahm er Abschied, und Paul mußte ihn ein Stück Weges in seinem Wagen begleiten. Hier fühlte der Freiherr sich als Wirt und entfaltete eine hinreißende Liebenswürdigkeit. Nachdem sie sich getrennt hatten, erhob sich Kamnitzky in seiner historischen Kalesche und winkte seinem Freunde, solange er ihn noch sehen konnte, mit seinem bunten großen Taschentuche die freundlichsten Grüße zu.

Zurückkehrend durch die hallenden Gänge, kam Paul an den Gemächern vorüber, die seine Frau bewohnt hatte. Er blieb stehen, legte die Hand auf die Türklinke, sie gab seinem Drucke nach – ein kurzes Zögern, ein kurzer Kampf mit sich selbst, und er setzte seinen Fuß auf die Schwelle, die er nicht mehr betreten hatte, seitdem der Tod sie überschritten. – So vergessen sind diese Räume, daß man nicht einmal daran denkt, sie abzuschließen; der Zerstörung anheimgefallen, dem unablässigen ruhelosen Kampf der Natur gegen jedes Werk der Menschenhand. Paul war auf einen traurigen Anblick gefaßt, aber er hatte geirrt. In den stillen Gemächern zeigte sich nicht eine Spur des Unbewohntseins. Sie lagen freundlich da, von den Strahlen der untergehenden Sonne erleuchtet. Der Abendhauch schwebte durch die geöffneten Fenster über die reichgefüllten Blumenkörbe, durchwürzte die Luft mit zarten Düften, bewegte die weißen Vorhänge. Spiegelblank glänzten die Dielen, Teppiche waren allenthalben ausgebreitet, jede Kleinigkeit befand sich an ihrem gewohnten Platze; alles war so sorgsam geordnet, so liebevoll gepflegt, als wenn auch hier täglich, stündlich eine Wiederkehr erwartet würde.

Langsamen und leisen Schrittes ging Paul durch das Vorzimmer, den Salon und betrat das Schlafgemach.

Bei seinem Erscheinen erhoben zwei Personen sich rasch von dem Kanapee in der Tiefe des Zimmers, und Entschuldigungen flüsternd glitten sie hinaus wie Schatten.

Seine Eltern! ...

Sie feiern hier ihre Feste der Erinnerung, finden einen Widerschein entschwundenen Glückes in der Betrachtung von Gegenständen, die der Verstorbenen gedient, ihren teuersten Besitz ausgemacht haben. Sie lebt ihnen in dieser Umgebung, lebt in ihrem liebsten Gedanken, in dem Gedanken an ihn, von dem hier alles Zeugnis gibt. Er war der Gott dieses stillen Heiligtums, aus dem die Priesterin geschieden ist. Wohin er blickt, tritt ihm sein Bild entgegen – als rosiges Kind, als Knabe mit Peitsche und Ball, als Jüngling im Studentenrocke mit leuchtenden Augen und kühn zurückgeworfenem Haar, als Mann in der Ruhe der Kraft, im Vollbewußtsein ungemessenen Selbstvertrauens ... Das war er als Bräutigam, und ein verwelkter Myrtenkranz hängt an dem Rahmen des Bildes.

Das altertümliche Glaskästchen in der Ecke enthält Erinnerungen an ihn, Geschenke von ihm. Sie hat alles mit gleicher Sorgfalt bewahrt. Die Wiesenblume, auf einem Spaziergange gepflückt, und das Diamantenkreuz, das er ihr am Hochzeitstage gab, hatten für sie denselben Wert.

Ja, über dieses Herz hat er geherrscht ... da war er Gebieter – Schicksal ... Ein ungütiger Gebieter, ein hartes Schicksal!

Der hohe Schrank am Pfeiler war geöffnet; ihre Bücher standen darin. Eine kleine, aber auserlesene Schar. Mit stolzen Geistern hatte sie verkehrt, die bescheidene Frau. Paul schlug einen oder den andern Band auf; ein Wort an den Rand geschrieben, eine flüchtige Bemerkung, an und für sich nichts, aber bedeutungsvoll durch die Stelle, an welcher sie stand, bewies, daß ein sehendes Auge auf diesen Blättern geruht. Dieses junge Weib, fast noch ein Kind, ganz allein auf sich selbst angewiesen, hatte sich mit mutigem, wahrheitsuchendem Verstand an ernste Lebensfragen herangewagt, hatte den erratenden Blick besessen, der sich ohne Zögern mit rascher Sicherheit auf das Wesen der Dinge richtet. Ihr Geist, den Paul so hoffärtig übersah, war ein dem seinen ebenbürtiger gewesen. Wie herrlich hätte diese reiche Seele sich entfaltet im Sonnenschein der Güte, im milden Hauche des Verständnisses ...

Zu spät – zu spät erkannt!

Ich war allein in deinen Armen, ich starb vor Sehnsucht an deiner Brust, tönten die Stimmen der Stille; das Leblose beseelte sich, um es ihm zuzurufen in den verlassenen Räumen, in denen der Atem ihrer Liebe ihn umwehte.

Oh, daß sie lebte! eine Stunde nur, nur einen Augenblick! so lange nur, daß er ihr sagen könnte: Ich weiß jetzt, was du littest – ich erfuhr es auch!

Aber es ist vorbei, sie ruht in einem Frieden, den nichts mehr stört, nicht einmal ein Gedanke der Liebe, der sie einst beseligt hätte, nicht einmal ein Schrei flammender Reue – nicht einmal das Schmerzenswort, das Erlösungswort: Verzeih!

Paul warf sich in den Lehnsessel vor dem Schreibtische und stützte den Kopf in seine Hand. Da blitzte ein leuchtender Punkt ihm entgegen, ein letzter Sonnenstrahl fiel herein und streifte den vergoldeten Schlüssel, der an der Schreibtischlade stak. Langsam zog er ihn heraus. Der feine Staub, der gleichmäßig verteilt auf allen Gegenständen lag, die sie enthielt, bewies, daß sie nicht geöffnet worden war – lange nicht. Vielleicht nicht mehr, seitdem die Verstorbene den Brief hineingelegt, der ihm zuerst in die Augen fiel: sein letzter, eiliger Abschiedsgruß. – »Ich kann nicht mehr kommen, wir marschieren morgen«, hieß es darin. Das Papier war zerknittert, einzelne Buchstaben waren verwischt ... Wie viele Küsse mußten darauf gebrannt haben, wie viele Tränen daraufgefallen sein! – Die Hand zitterte, mit der Paul den Brief beiseite legte und, mechanisch eine Mappe öffnend, in derselben zu blättern begann. Zwischen anderen Papieren fand er ein zur Hälfte beschriebenes Blatt – Mariens wohlbekannte Schriftzüge, das Datum: drei Tage vor ihrem Tode, die Aufschrift: »Lieber Paul!«

»Du hast fort müssen ohne Abschied. Ich dachte wohl, daß es so kommen würde, und das hat mich neulich feige gemacht. Jetzt bin ich stark und mutig, wie du es warst und leicht sein konntest, weil du dachtest, ich seh sie alle in wenigen Tagen wieder.«

Nein – er hatte es nicht gedacht, er hatte sie betrogen. Er war mit dem Entschlusse gegangen, vor der langen Trennung nicht wiederzukehren, er wollte sich nur den Ärger und die Pein eines tränenreichen Abschieds ersparen.

Sie kämpfte heldenmütig mit sich selbst, aber daß sie kämpfen mußte, schon das verdroß ihn. Unwillig wandte er sich ab, mit harter Stimme wiederholend: »Weine nicht!«

Ach, sie gehorchte ja. Sie blickte ihm mit starren, trockenen Augen nach, kein Laut des Schmerzes drang aus ihren festgeschlossenen Lippen. Nur die Arme streckte sie unwillkürlich nach ihm aus, beugte sich vor – inbrünstig flehte ihre stumme Gebärde: O komm zurück!

Er hatte sich an der Tür flüchtig umgesehen, und flüchtig hatte ihr Anblick ihn gerührt ... fast wäre er umgekehrt, hätte ihr einen Abschiedskuß gegönnt, fast wäre er schwach geworden. Aber er unterdrückte die unmännliche Regung, er blieb stark, er ging – der Unglückselige! ...

Er las weiter.

»Eine große Ruhe ist über mich gekommen, eine göttliche Zuversicht. O wüßtest du, wie gut ich weiß: Du wirst mich lieben! Um des Kindes willen, mein Paul, das ich dir bei deiner Rückkehr in die Arme legen werde. Dieser seligmachende Glaube hilft mir über die Trennung hinweg, erfüllt mich mit freudiger Stärke. Du mein alles, mein Herr, mein Freund, ich erlebe die Stunde, in welcher dein erwachtes Herz mir entgegenschlägt, deine ganze Seele mir zuruft: Komm!«

»So komme denn!« rief Paul mit einem wilden Schrei. Er sprang auf, er streckte in wahnsinniger Sehnsucht die Arme aus. Beschwörend, Unmögliches erflehend erhob er sie zum Himmel und ließ sie dann plötzlich sinken mit einer Gebärde der Verzweiflung. Da ergriff es ihn, schrecklich, hoffnungslos – eine Erkenntnis, nie wieder auszurotten, eine Reue, nie zu stillen, ein unentrinnbarer Schmerz: Du hast Unschätzbares besessen und nicht zu würdigen gewußt. Er erbebte am ganzen Leibe, er preßte die Hände an seine schweratmende Brust ...

Draußen in den Bäumen begann es leise zu rauschen und sich zu bewegen, eine frische Luftwelle strich durch das Gemach. Vom Garten herauf ertönte das fröhliche Lachen des Kindes. Paul raffte sich zusammen, ging festen Schrittes auf das Lager zu und schlug die Vorhänge auseinander. – –

... Seine Eltern erwarteten ihn in banger Sorge. Eine Stunde war, zwei Stunden waren vergangen. »Neun Uhr«, sagte der Vater. Die Gräfin legte ihre Arbeit weg, ergriff sie wieder, rang angstvoll die Hände in ihrem Schoße.

»Wo bleibt er?« nahm der Greis wieder das Wort – »noch immer bei ihr?«

Die Gräfin erhob sich und verließ schweigend das Zimmer.

Sie kam nach einigen Augenblicken mit verstörter Miene zurück.

»Was ist geschehen?« fragte ihr Mann, der ihr ganz außer Fassung entgegenkam.

»O Karl! er liegt auf den Knien vor ihrem Bette und weint.«

Am folgenden Tage schrieb Paul an Gräfin Marianne einen warmen Brief; er erging sich darin nicht in Selbstanklagen, er sprach nicht von einem heißersehnten Glück, das er der Pflicht zum Opfer bringen müsse. Einfach und lebendig schilderte er den Eindruck, den die Heimkehr ins Vaterhaus auf ihn hervorgebracht, und gestand, daß er Thekla nicht zumuten könne, das Leben zu teilen, welches er von nun an zu führen entschlossen sei.

Die Antwort blieb aus. Acht Tage später jedoch stellte Fürst Klemens sich in Sonnberg ein. »Sie versteht dich, sie, die alles versteht, nur nicht – mich zu lieben«, sprach er zu Paul. »Und Thekla, nun wir wissen ja – Statue! Gleichgültig übrigens ist es ihr nicht. Ich aber, so leid mir's tut, ich meine: besser spät als zu spät.« Sein Aufenthalt war von kurzer Dauer. Gräfin Neumark hatte sich bereits nach Wildungen begeben, und er brannte vor Ungeduld, ihr dahin zu folgen, wozu ihm zum erstenmal die Erlaubnis erteilt worden.

»Ich nehme Alfred mit«, sagte er ... »Weißt du, daß meine Absicht ist, dem Burschen jetzt schon das Majorat abzutreten? – Warum soll ich ihn warten lassen auf meinen Tod? Und dann – *eine* Gräfin Neumark möchte ich Fürstin Eberstein werden sehen. Die Mutter will nichts davon wissen, vielleicht daß die Tochter ... Darüber indessen ist jetzt nicht an der Zeit ... Und du wirst ja hören –«

Der Fürst empfahl sich bei den alten Leuten, die ganz entzückt waren von seiner Liebenswürdigkeit, und küßte die kleine Marie, die sich's gefallen ließ, denn das scheue Vögelchen war in den letzten Tagen fast zutraulich geworden.

Am Ausgange des Parks, wohin der Wagen bestellt worden war, nahmen die Freunde Abschied. Als die Equipage in die Biegung der Straße einlenkte, wandte Klemens den Kopf zurück, um Paul noch einmal zu grüßen; aber dieser war bereits umgekehrt und ging seinem Töchterchen entgegen, das mit offenen Armen auf ihn zugelaufen kam.

Die Poesie des Unbewussten

Novellchen in Korrespondenzkarten

1

7. Juli

Liebe Mama!

Das Schloß liegt auf einem Berge, der für unsere Gegend ein Montblanc wäre, hier aber, neben diesen Riesen, nur ein Kind von einem Berge ist. Gegen Osten hin öffnet sich ein grünes Tal; ein Bächlein durchrennt es, weiß wie gepeitschter Seifenschaum. Wenn ich auf den Balkon trete, rauscht ein Meer von grünen Wipfeln zu meinen Füßen. – »Hör ihnen zu, sie begrüßen dich«, sagte Albrecht. War das nicht nett? Mein Mann ist überhaupt so gut! Ich mache jetzt erst seine Bekanntschaft. Eigentlich hast Du mich mit einem fremden Herrn in die weite Welt reisen lassen.

Ich küsse Deine Hände, ich möchte Dir tausend zärtliche Dinge sagen, aber Du liebst das nicht, so sage ich denn nur: Lebe wohl!

Deine Tochter

2

10. Juli

Dank für Deinen teuren Brief; es ist doch grausam, daß ich, um ihn zu beantworten, nur eines der schönen Kärtchen benützen darf, die Du mir mitgegeben hast. Viel zu tun habe ich allerdings. Ich will auch eine Schloßfrau werden wie meine Mutter, eine Stütze und ein Hort für meine ganze Umgebung. Freilich, Du bist schon lange die Gebieterin Deines Hauses, und ich muß mich erst an die Herrschaft gewöhnen. Albrecht mahnt mich oft: »Laß doch das Bitten weg! Der Oberst sagt zu seinen Soldaten: Vorwärts! Wenn er sagen würde: Ich bitte vorwärts zu marschieren, bliebe wohl mancher zurück.« – Aber das ist doch nicht ganz dasselbe, nicht wahr, meine geliebte Mama? – Ich umarme Dich, ich lege mein ganzes Herz in – oder soll ich sagen: auf diese Karte?

3

13. Juli

Mein teures Kind, lasse es nur bei den Kärtchen bewenden, murre nicht gegen meine Anordnungen. Daß ich im ersten Jahre Deiner

Ehe durchaus keine langen Briefe von Dir erhalten will, das hat seine guten Gründe, die Dein Mann, der »fremde Herr«, der mir ein so gut bekannter ist, sicherlich würdigen wird, Du brauchst ihn nur danach zu fragen. Mit treuer Liebe

Deine Mutter.

4

17. Juli

Ich habe Albrecht Deine Karte gezeigt und ihn gefragt: »Weißt du sie zu würdigen, diese Gründe?« – Nun, Mama, er hat mich so ernsthaft angesehen, daß ich ganz bestürzt wurde. – »Natürlich«, war seine Antwort. O Mutter, ich fürchte, mein Mann versteht Dich besser als ich! Ich wagte nicht, ihn um eine Erklärung zu bitten, ich bin ihm gegenüber noch sehr befangen. Er spricht so wenig, er ist ein verschlossener Mensch: das Kennenlernen geht nicht so rasch, als ich anfangs dachte. Es ist doch etwas außerordentlich Imposantes um solch einen großen, schweigsamen Mann. Haben wir es denn genug erwogen, ob ich nicht zu gering für ihn bin, ich armes Ding, das in der Welt und von der Welt nichts weiß?

5

22. Juli

Ich soll trachten, ihn zu unterhalten! Ach, er hat sich mit mir noch nie so gelangweilt, als seitdem ich ihn zu unterhalten trachte. Tagsüber sehe ich ihn nicht, da ist er im Wald oder in der Fabrik. Er kommt erst zu Tische um sieben Uhr. Nach Tische raucht er und liest Zeitungen, und sodann beginnt das große Schweigen. Ein paarmal befolgte ich Deinen Rat und brachte allerlei vor – von Büchern und solchen Sachen. Er hört mir geduldig zu, aber auf mein Geschwätz zu antworten ist ihm nicht der Mühe wert. Kein Wunder auch. Ein Mann wie er! Ein Kind wie ich!

6

26. Juli

Vor drei Tagen dachte ich: Willst doch suchen, ihn ins Gespräch zu ziehen, und fragte ganz direkt: »Wallenstein oder Götz, welchen stellst du höher?« – »Schwer zu bestimmen«, sagte er, machte sein strenges Gesicht und sah aus wie einer, der sich mit Gewalt auf etwas besinnen will. Endlich sprach er: »Ein Buch, das ich sehr gern habe, ist der *Siebenjährige Krieg* von Schiller. Kennst du's?« – »Ich nicht, und niemand kennt es.« – »Warum?« – »Weil es nicht existiert.« – »So? ...« Seine braunen Wangen wurden noch dunkler; das ist seine Art zu erröten. Hat es ihn verdrossen, daß ich auf seinen Scherz nicht einging? Habe ich eine andere Albernheit begangen? Genug, er stand auf, machte eine Bemerkung über das Wetter und ging sogleich fort. Und seitdem geht er alle Abende fort, und ich sehe ihn fast gar nicht mehr. O hätte ich geschwiegen!

7

26. Juli

Liebe Schwester!

Es geht nicht, wie es gehen sollte. Meine Frau ist eine Vollkommenheit an Güte, an Verstand, an Gelehrsamkeit, in allem und jedem – viel zu hoch für mich, und ihre Meinung von mir auch viel zu hoch! ...

Die Augen werden ihr aufgehen, und dann werde ich alles verloren haben; ihre Liebe nämlich ist mir alles, die sie mir auf Treu und Glauben geschenkt hat.

Es ist jeder zu bedauern, der es mit seiner Frau schlecht getroffen hat; ich habe es zu gut getroffen und bin am allermeisten zu bedauern.

Albrecht

8

28. Juli

Gestern machten Albrecht und ich einen Ritt durch das Tal. Es zieht sich lange schmal hin, breitet sich dann plötzlich aus und umfängt sammetne Wiesen und einen kleinen See, den unser Waldbach tränkt, am Ufer des Sees liegt ein Garten und in diesem ein allerliebstes Schlößchen. – »Wem gehört das? Wer wohnt da?« fragte ich. – »Ein Graf Wiesenburg hat es bewohnt.«

– »Hat?« – »Ja. Er starb vor kurzem in Ems.« – »Unverheiratet?« – »Nein.« – »Und seine Witwe?« – »Nimmt ihren Aufenthalt im Auslande.« – »Und dieser reizende Besitz?« – »Steht leer; soll verkauft werden.« – »Steht nicht leer! Die Fahne weht vom Dache, die Gräfin wird angekommen sein ...« Da sah ich es, wie sehr man sich in acht nehmen muß, ihm zu widersprechen, besonders – – Verzeih, ich lasse mir's heute wohlsein und nehme eine zweite Karte.

9

(Fortsetzung)

Besonders wenn er unrecht behält wie gestern, denn gar bald bestätigte ein Bäuerlein, das des Weges kam, meine Vermutung: die Gräfin Blanka von Wiesenburg ist zurückgekehrt. – »Siehst du?« rief ich. Albrecht schwieg, biß seinen Schnurrbart und peinigte sein Pferd. Ich konnte es endlich nicht mehr mit ansehen und sagte: »Aber, Albrecht, der arme Fuchs! … Wäre diese Gräfin doch dort, wo das bekannteste aller Gewürze wächst.«

Er warf mir einen Blick zu – – Mama, hört eine Frau jemals ganz auf, sich vor ihrem Mann zu fürchten?

10

29. Juli

Teure Mutter!

Ich habe erfahren, daß mein Vetter Hans wieder in M. ist und nach wie vor in den Fesseln der Frau von F. liegt. Willst Du ihn nicht zu Dir kommen lassen und ihm ins Gewissen reden? Du verstehst das. Du kannst ihm auch sagen, daß wir uns seiner schämen, Albrecht und ich. Albrecht begreift es nicht, wie ein Mann so ehrlos sein kann, der Frau eines andern den Hof zu machen. Du hättest die Entrüstung sehen sollen, mit welcher er auf meine Frage: »Begreifst du's?« entgegnete: »Was würdest du zu einem Manne sagen, der das getan hätte?« Ich konnte mich nicht genug beeilen, ihn zu beruhigen: »Verachten würd ich ihn! Er ist ja ein Dieb und Betrüger und in allen Stunden ein Lügner!«

»So ist es! So ist es!« sprach Albrecht mit einem Ausdruck, den ich Dir nicht schildern kann. O Gott, wie edel muß man sein, um solchen Schmerz zu empfinden über die Schlechtigkeit der anderen. Ich stand auf, trat zu ihm und drückte einen Kuß auf seine ehrliche Stirn. Er kann aber Zärtlichkeitsausbrüche so wenig leiden wie Du, und auch das gefällt mir im Grunde. – »Laß, laß«, sagte er und wandte sich ab.

11

29. Juli

Liebe Schwester!

Ich kann nicht fort, sonst hätte ich Dir schon meine Frau gebracht, es würde mich sehr freuen, wenn Du sie kennenlernen würdest, aber ich bin jetzt mein eigener Fabriksdirektor, und dabei wird es noch eine Weile bleiben müssen. Schrecklich ist gewirtschaftet worden in den letzten verwünschten Jahren, das wäre aber alles nichts, damit werde ich allein fertig, es ist etwas anderes.

Daß Blanka im Schlößchen eingetroffen ist!!!

So hält die ihr Wort, und so ist alles aus, wenn meine Frau das erfährt, alles aus, und damit werde ich allein nicht fertig.

Liebe Schwester, laß den Reisewagen einspannen, setz Dich hinein und komme.

Albrecht

12

1. August

Liebe Mama!

Die Schwester Albrechts hat uns mit ihrem Besuche überrascht. Sie ist um zehn Jahre älter als er und ein Fräulein und wird wohl auch nichts anderes mehr werden. Sie ist groß und mager, sehr liebenswürdig, außerordentlich gescheit. Vor Zeiten muß sie wunderschön gewesen sein. Ihre Augen sind es noch, die sehen einen durch und durch. Sie macht gar nichts aus sich, ihre Haltung hat gewöhnlich etwas Nachlässiges; aber manchmal, plötzlich, scheint sie zum Bewußtsein ihres Selbst zu kommen, und da richtet sie sich auf … In solchen Augenblicken fühle ich mich neben ihr – eine Mücke. Meinem Albrecht ist wohl in ihrer Nähe. Nun ja, ein Mann wie er kann leicht aufrecht stehen neben jeder Superiorität.

13

3. August

Mein Mann spricht jetzt mehr als früher, und Emilie weiß immer, was er gemeint hat, wenn er auch etwas ganz anderes sagt. (Denn er ist sehr zerstreut.) Er hat zum Beispiel in eigentümlichem Zusammenhang den Orinoco genannt oder Karl den Großen. Sie läßt sich dadurch nicht irremachen – wie ich mich neulich durch den *Siebenjährigen Krieg* –, sie nickt zustimmend: »Ganz recht, du

meinst den Mississippi«, oder: »Ganz recht, du meinst Karl V.«
Und er sagt: »Natürlich«, und freut sich, daß man ihn so gut verstanden hat.

Ja, so mit ihm umzugehen, das muß ich eben lernen!

14

4. August

Meine Schwägerin ist noch am Tage ihrer Ankunft zur Gräfin
Wiesenburg gefahren. Es war ihr darum zu tun, ein kleines Ver-
säumnis Albrechts gutzumachen. Er vergaß nämlich, der Gräfin
seine Heirat anzuzeigen, was sie übelgenommen hat, wie es scheint.
Emilie blieb lange aus, und mein Mann erwartete sie mit außeror-
dentlicher Bangigkeit. Ich möchte mich einmal in Gefahr befinden,
damit er sich auch um mich ängstige.

Als Emilie endlich zurückkam, merkte ich ihm viel weniger
Freude an, als ich ihm früher Unruhe angemerkt hatte. Er fragte
nur: »Etwas ausgerichtet?« – »Eigentlich nein; du mußt hinüber.«
Albrecht protestierte, und das freute mich; ein so außerordentliches
Wesen seine Schwester auch ist, sie hat ihm doch nicht zu sagen:
Du mußt!

15

6. August

Gräfin Blanka hat uns besucht. Denke Dir ein Schneewittchen mit
blauen, melancholischen Augen, mit gewellten, seidenen, aschblon-
den Haaren. Mein alter Musiklehrer (ich lasse ihn herzlichst grüßen)
würde sagen: Eine harmonische Erscheinung. Ich war beim ersten
Blick von ihr bezaubert, und sie – o Himmel, solang ich lebe, ist
mir noch niemand mit solcher Wärme entgegengekommen! Sie ist
eine ebenso ausgezeichnete Person wie Emilie, und auch ihr Dasein
war reich an Prüfungen; sie war unglücklich verheiratet, sie sagt
es selbst, sie ist zutraulich wie ein Kind, obwohl sie schon dreißig
Jahre alt sein soll. Wie traurig, daß ich die kaum gewonnene
Freundin so bald wieder verlieren werde! Das Schlößchen ist verkauft und Blanka nur hierhergekommen, um ihre Zelte abzubre-
chen.

16

8. August

Es ist merkwürdig bei uns seit der Anwesenheit Blankas. Sie kommt oft zu mir, möchte mit mir allein sprechen. Ja! ob Albrecht und Emilie uns auch nur einen Augenblick verließen! Ich werde bewacht und behütet ... man könnte es nicht anders treiben, wenn Blanka der böse Feind wäre, der auf mein Verderben sinnt. Ich bin nicht mißtrauisch, es geschieht aber alles, um mich dazu zu machen.

17

10. August

Blanka muß einmal eine große Enttäuschung erlitten haben, sie spielt oft darauf an. – »Es gibt keine Treue in der Welt!« sagte sie heute, und Emilie erwiderte: »Das Gegenteil zu beweisen steht jedem frei. Er übe Treue, und sie wird in der Welt sein.« Dabei leuchteten ihre Augen. Aber Blanka hielt den Blick aus (der mich blinzeln macht wie ein Blitz) und lächelte nur und sprach: »Die Lehre mache ich mir zunutze. Ich führe meine Vorsätze treulich aus. Sie glauben doch nicht, daß ich hierhergekommen bin, um Gerümpel einpacken zu lassen? Ich bin gekommen, um Gericht zu halten, und das wird geschehen.« – Nun lächelte auch Emilie, aber etwas säuerlich. – »Gericht halten oder denunzieren?« – »Wie Sie wollen.« – »Bei derlei Affären erweist der Denunziant sich oft als Mitschuldiger.« – »Wer weiß, vielleicht ist ihm alles, sogar die Begeisterung der Unschuldigen und Reinen, feil um die Wollust der Rache ...«

Das sind kindische Reden, aber die Damen führen sie mit einem Nachdruck, als ob hinter jedem Wort eine Armee von Gedanken versteckt wäre.

18

12. August

Habe ich Dir schon erzählt, daß Blanka ein Vergnügen darin findet, meinen Mann zu necken? Mich wundert nur, daß sie den Mut dazu hat. Ja, sie neckt ihn mit seiner ... seiner zeitweiligen kleinen Gedächtnisschwäche. Sie behauptet auch, er hätte eine neue Orthographie erfunden. Beim Ordnen verschiedener Papiere (vermutlich ihres Mannes) ist sie auf merkwürdige Schriftstücke gekommen, die sie mir zeigen will – wegen der Orthographie. Sie sagte das so sonderbar, ihre Art und Weise war so herausfordernd – schien

Albrecht so peinlich zu berühren, daß es mich verdroß und ich ausrief: »Nur her mit diesen Elaboraten! Ich will sie sehen! Ich habe ohnehin keine Ahnung von dem Stil meines Mannes, wir schrieben uns nicht während unseres kurzen Brautstandes. Nur her also! nur her!« – Da fuhr er aber auf mit einer unbegreiflichen Heftigkeit ... Und diese Heftigkeit, und seine finstern, lauernden Mienen ... Ich liebe ihn ja unaussprechlich, wenn das aber so fortgeht, werde ich ihn noch mehr fürchten als lieben, und das, Mama – das wird ein Unglück sein.

19

15. August

Verehrte Schwiegermutter!

Ich bestätige mit ehrerbietigem Dank den richtigen Empfang der Korrespondenzkarten meiner lieben Frau und habe Ihre gute Meinung daraus ersehen. Es ist sehr schlimm, denn ich weiß nicht, was ich tun soll, damit sie nicht so vor mir erschrickt, wenn ich vor ihr erschrecke. Das Gewitter steht über meinem Hause, der Blitz wird gleich einschlagen. Sie wissen alles, ich habe Ihnen pflichtgemäß alles eingestanden, bevor ich um Ihre Tochter, meine liebe Frau, bei Ihnen geworben habe ... Meine Situation ist auf das höchste gespannt – soll ich nicht abspannen? – auch ihr alles eingestehen?!

Sie wird mich verachten; raten Sie mir! Es wird alles geschehen, nur mit Worten kann ich meine liebe Frau nicht täuschen, genug schon, zuviel, daß es mit Vertuschen geschieht.

Raten Sie mir!!

20

18. August

Lieber Schwiegersohn!

Die Frage, ob Sie alles gestehen sollen, haben Sie wohl nicht im Ernst gestellt, deshalb erspare ich mir die Beantwortung derselben; und was das Täuschen anbetrifft, so muß ich sagen, wenn Sie es nicht können, so trachten Sie es zu lernen, denn wie wollen Sie regieren, wenn Sie nicht täuschen können? Und eine Frau nehmen, hat doch regieren wollen geheißen, seit die Welt steht.

21

20. August

Verehrte Schwiegermutter!

Verzeihen Sie, Sie irren sich. Ich habe es ernst gemeint, das mit dem Gestehen. Es ist nicht so kurios, wie es aussieht, weil ich weiß, daß »man« nicht ruhen wird, bevor »man« mich verraten hat. Aber weil Sie es so nehmen, werde ich schweigen. Möge ich es nie bereuen, aber ich werde es bereuen.

Die Reue ist etwas Schreckliches.

Ich bin in ihren Krallen zum Feigling geworden. Könnte übrigens auch auf einmal andere Saiten aufziehen; meine Schwester hält mich ab, sonst hätte ich schon energische Maßregeln ergriffen.

22

22. August

Lieber Schwiegersohn!

Ihre Schwester hat recht, energische Maßregeln sollen Sie nicht ergreifen, sondern in Gottes Namen, wenn man Sie verrät – sonderbar! ich meine eher sich –, zugeben, daß Sie das Unglück gehabt haben, bei einer Kokette Glück zu haben, sogleich jedoch hinzusetzen, daß der Mann Rechenschaft zu verlangen hat von der Vergangenheit seiner Frau, diese aber nicht von der seinen, in bezug auf Herzensangelegenheiten. Auf Argumente lassen Sie sich, wenn ich Ihnen raten darf, nicht ein, das einzige: »Es war von jeher so«, ausgenommen, das allerdings schwach ist; aber in dieser Sache gibt es wenig starke, und solange die schwachen gelten … Wir wissen von den meisten Münzen, daß sie den Wert, den sie anzeigen, nicht besitzen – da sie jedoch allenthalben für denselben angenommen werden … Sie verstehen mich.

23

22. August

Alles gut, mehr als gut. Wir waren im Schlößchen, um Abschied zu nehmen, Emilie und ich. Albrecht hatte versprochen, uns nachzukommen, erschien aber nicht. Er hat wieder furchtbar viel zu tun, dachte ich, und entschuldigte ihn auch damit bei Blanka. Statt dessen – wir sind noch gar nicht lange auf der Rückfahrt begriffen, und wen erblicke ich? … Niemand anders als meinen Herrn Gemahl, der am Wege steht und nach uns (wäre ich ganz aufrichtig, ich sagte nach mir) auslugt, hoffend und harrend, wie eine männliche »Spinnerin am Kreuz«. Als wir in seine Nähe kamen, springt er in den Wagen, sieht erst Emilien an, die ihm wie beruhigend zunickt, und dann mich und sagt so freudig: »Also wieder da! Also glücklich wieder da!« als ob ich unversehrt aus der Schlacht oder von einem Ausflug zu den Menschenfressern heimgekehrt wäre. »Was hast du denn gefürchtet?« fragte ich, »der Weg ist ja gut, und die Pferde sind sicher.«

Da nahm er meine Hände in die seinen und sprach das geflügelte Wort: »O mein Herz – lieben heißt fürchten!«

24

23. August

Sie ist fort, leider fort, wie eine liebliche Erscheinung aufgetaucht und wieder verschwunden. In der zwölften Stunde erwachte Albrechts Gewissen, und er fuhr nach der Eisenbahnstation, um Blanka ins Kupee ein Lebewohl nachzurufen. Er hat einen weiten Weg und kann vor Abend nicht zurück sein. Emilie ist zu Hause geblieben.

Ach, liebe Mama, sie glauben, ich merke nichts, während ich mich im stillen königlich ergötze an allen ihren Schlichen! Albrecht ist nicht nach der Station gefahren, weil ihn danach verlangte, sich bei Blanka zu empfehlen, sondern weil er sich überzeugen will, ob sie auch wirklich fortreist. Emilie spaziert nicht zu ihrem Vergnügen längs der Terrasse auf und nieder, sondern um wie eine Schildwache zu patrouillieren – – – Und während alle diese weisen Vorsichtsmaßregeln getroffen werden, ist das, was sie verhüten sollen – geschehen. Die Briefe Albrechts an den Grafen sind in meinen Händen. Ich habe sie! Ich habe sie!

Emilie ruft, ich will zu ihr. Lebe wohl für jetzt. Mit der Nachmittagspost schicke ich noch eine Karte.

25

23. August, nachmittags

Wie ich zu den Briefen kam, mußt Du hören. Ein kleiner Junge brachte mir ein Körbchen, gefüllt mit herrlichen Rosen. – »Wer schickt das?« fragte Emilie. – »Der geistliche Herr.« – »Ja so!« Nichts einleuchtender. Wir waren neulich vor dem Garten des Pfarrers stehengeblieben und hatten seine Zentifolien bewundert, und lauter Zentifolien waren es, die, nachlässig hineingeworfen, das Körbchen füllten. Ich freue mich, trage die Blumen in mein Zimmer, um sie in Wasser zu setzen, und siehe da, unter ihnen verborgen liegt ein Zettel und ein versiegeltes Päckchen. Den Zettel schreibe ich Dir ab:

»Die Auslieferung dieser Briefe an Sie kostet mich viel – Ihre gute Meinung. Je nun – ich bezahle den Preis, heimsen Sie den Vorteil ein. Das Leben überhaupt, die Ehe insbesondere, ist ein Kampf. Hier sind Waffen.

Blanka«

Im Augenblick, in dem sie für immer von uns scheidet, findet sie noch die Stimmung zu einem etwas boshaften Scherz. Er beweist allerdings eine starke Seele, und was sie da schreibt, ist ja recht geistreich; aber ein einfaches warmes Abschiedswort wäre mir doch lieber gewesen.

26

24. August

Meine geliebte Mutter!

Heute muß es ein Brief sein, und heute mußt Du es mir verzeihen.

Ich erzähle von Anfang an, obwohl nur das Ende interessant ist.

Albrecht kam gestern erst nach neun Uhr zurück. Er hatte den Wagen vor dem Hoftor halten lassen und war schon ins Haus geeilt, während ich am Fenster stand und mich fürchtete, weil ein schweres Gewitter aufstieg. Da öffnet sich die Tür, und Albrecht stürzt herein. Ich erschrecke, stoße einen Schrei aus, und – er schreit auch: »Was ist? Was gibt's? Was hast du? ...« Sieht sich im Zimmer um, sieht alles mit einem Blick, auch die Rosen, die neben der Lampe auf dem Tische stehen, und ich, weil sein verstörtes Wesen mich ängstlich macht, plumpse sogleich heraus: »Blanka hat sie geschickt, deine Briefe lagen dabei.«

Er zuckte zusammen wie ein verwundeter Hirsch, sprach kein Wort und fuhr mit beiden geballten Fäusten nach dem Kopf.

»Albrecht! Albrecht!« rief ich, »wie unrecht von dir, wie schrecklich unrecht!« – »Nicht wahr? ...« Er stöhnte nur so, und ich weiß selbst nicht, wie es kam, daß ich nicht in Tränen ausbrach über seinen Schmerz, sondern – freilich mit sehr beklommener Stimme – sagen konnte: »Wie unrecht, daß du Geheimnisse vor mir haben, dich mir nicht zeigen willst, wie du bist, mit deinem guten und braven Charakter und mit deiner mangelhaften Orthographie!«

»Du spottest«, preßte er mühsam hervor, und ich entgegnete: »Dich verspotten, weil du nicht Zeit hattest, hinter den Büchern zu hocken? Ein Mann wie du, der Besseres zu tun hat! O Lieber! warum mich täuschen wollen? Was liegt denn mir daran, ob du glaubst, daß die Inster im Nassauischen entspringt und daß Katharina von Medici die Frau Peters des Großen war? Wenn du nur das sicher und gewiß weißt und festhältst und nie vergissest, daß ich deine einzige Freundin und Vertraute bin und sein muß ...« – »Auch sein willst?« unterbrach er mich und schnappte nach Luft. – »Willst? ... Hab ich da noch zu wollen? Bin ich nicht deine Frau?« Und er: »Das jetzt? Jetzt – nachdem du gelesen hast – –« Er deutete nach dem Päckchen und zitterte, wahrlich, der ganze Mann zitterte, und es war sein Glück, sonst wäre ich ernstlich und unbarmherzig böse geworden. Aber weil er gar so beschämt und reuig aussah, sagte ich nur ein wenig vorwurfvoll: »Gelesen? ... Albrecht! wie kannst du es glauben?«

»So hast du nicht? ... hast nicht? ...«

»Überzeuge dich, ob das Siegel unversehrt ist«, gab ich, und diesmal recht trocken, zur Antwort und steckte ihm die Briefe in seine Brusttasche. – »Und in Zukunft halte es nie mehr für möglich, daß ich wissentlich etwas tue, das dir unlieb ist ...«

Nun kommt das Interessante! und daran werde ich denken, solange ich lebe. Statt aufzufahren über meine harten Worte, wie ich erwarten mußte, statt dessen – – – Liebe Mutter, nie hat er vor mir gekniet, nicht als Bräutigam, nicht in der ersten Flitterwoche ... In dem Augenblick aber – bevor ich mich besann, bevor ich's hindern konnte – da lag er zu meinen Füßen, mein bester Mann, mein teurer Herr, und faltete seine Hände wie ein Betender. In seinen Augen glänzten große Tränen, und er rief, und er flüsterte mit lautem Jubel, mit stillem Entzücken: »O mein Weib! mein Kind!«

Biographie

1830   *13. September:* Marie Freiin von Dubsky wird auf Schloß Zdislavic bei Kremsier in Mähren als Tochter des Barons Franz Dubsky und der Baronin Marie, geb. Vockel geboren. Die Mutter stirbt kurz nach der Geburt.

Sie erhält eine umfassende geistige Bildung im klassischen Sinne und wird schon früh zu eigenem Schaffen angehalten.

1843   Der Vater wird in den Grafenstand erhoben.

1847   Franz Grillparzer begutachtet ihre ersten literarischen Werke und ermutigt sie zu weiterem Schreiben.

1848   Heirat mit dem Vetter Moritz Freiherr von Ebner-Eschenbach, Professor der Naturwissenschaften und Leutnant der Pioniere, später Feldmarschall-Leutnant.

Gemeinsam leben sie in Klosterbruck/Mähren (bis 1856), die Sommer verbringen sie auf Schloß Zdislawitz.

1850   Autodidaktische Studien.

Beginn der Freundschaft mit Joseph Weilen.

1856   Umzug nach Wien.

1858   »Aus Franzensbad. Sechs Episteln von keinem Propheten« (anonym).

1859   Ihr Ehemann nimmt an kriegerischen Auseinandersetzungen in Italien teil.

1860   »Maria Stuart in Schottland, Schauspiel in fünf Aufzügen« wird uraufgeführt und wenig später gedruckt.

Moritz von Ebner-Eschenbach wird Chef des Geniekomitees in Wien.

1862   Aufführung des Einakters »Die Veilchen« in Wien.

1863   Aufenthalt in der Schweiz.

Freundschaft mit Ida von Fleischl-Marxow und Betty Paoli.

1866   Moritz von Ebner-Eschenbach wird zum Kampfeinsatz nach Polen geschickt.

1867   Bekanntschaft mit Ferdinand von Saar.

Fertigstellung des Trauerspiels »Marie Roland«, das im darauffolgenden Jahr in Weimar aufgeführt wird.

1872   »Doctor Ritter« (Dramatisches Gedicht).

1873   »Das Waldfräulein« wird in Wien aufgeführt und fällt durch. Daraufhin stellt Marie von Ebner-Eschenbach ihre dramatische Produktion ein und wendet sich der Prosa zu.

1874   Moritz von Ebner-Eschenbach tritt in den Ruhestand.

1875	Bekanntschaft mit Julius Rodenberg, dem Herausgeber der »Deutschen Rundschau«.
	Der erste Band mit »Erzählungen« erscheint (darin u.a.: »Ein Spätgeborner«, »Die erste Beichte«, »Die Großmutter«).
1876	Der gesellschaftskritische Roman »Božena, die Geschichte einer Magd« erscheint.
1879	Ausbildung als Uhrmacherin.
1880	»Aphorismen«.
	Die Erzählung »Lotti, die Uhrmacherin« erscheint in der »Deutschen Rundschau« und macht sie auch außerhalb Österreichs bekannt.
1881	»Neue Erzählungen«.
1883	»Dorf- und Schloßgeschichten« (u.a. »Krambambuli«).
1885	»Zwei Comtessen« (Erzählungen).
1886	»Neue Dorf- und Schloßgeschichten«.
1887	Der Roman »Das Gemeindekind«, ihr bekanntestes Werk, erscheint.
1889	»Miterlebtes« (Erzählungen).
	Beginn des Briefwechsels mit Josef Breuer
1890	»Unsühnbar« (Roman).
1892	»Drei Novellen.«
1893	»Glaubenslos?« (Erzählung).
1894	»Das Schädliche« und »Die Totenwacht« (Erzählungen).
	5. Juli: Tod der Freundin Betty Paoli.
1896	»Rittmeister Brand« und »Betram Vogelweid« (Erzählungen).
1897	»Alte Schule« (Erzählungen).
1898	*28. Januar:* Moritz von Ebner-Eschenbach stirbt in Wien.
	Marie von Ebner-Eschenbach erhält das »Ehrenzeichen für Kunst und Wissenschaft«, den höchsten zivilen Orden Österreichs.
	Oktober: Reise nach Rom (bis April 1899).
	»Oversberg. Aus dem Tagebuch des Volontärs Ferdinand Binder« und »Bettelbriefe« (Novellen).
1899	Tod der Freundin Ida von Fleischl-Marxow.
1900	Marie von Ebner-Eschenbach erhält als erste Frau die Ehrendoktorwürde der Universität Wien.
1901	»Aus Spätherbsttagen« (Erzählungen).
1903	»Agave« (Roman).
	»Die arme Kleine« (Erzählung).
1906	»Meine Kinderjahre« (Erinnerungen).

1909	»Altweibersommer« (Erzählungen, Aphorismen und Skizzen).
1910	»Genrebilder« (Erzählungen).
1915	»Stille Welt« (Erzählungen).
1916	»Meine Erinnerungen an Grillparzer«.
	12. März: Marie von Ebner-Eschenbach stirbt im Alter von 85 Jahren in Wien.

Made in the USA
Las Vegas, NV
03 February 2025